**10
18**

12, AVENUE D'ITALIE. PARIS XIIIᵉ

Sur l'auteur

Ferdinand Oyono, romancier camerounais franco-phone, est né en 1929 à N'Goulémakong. Tout en suivant des études de droit et de sciences politiques à Paris, il publie ses premiers romans en 1956 : *Une vie de boy* et *Le Vieux Nègre et la médaille*. Après la parution de *Chemin d'Europe*, en 1960, Ferdinand Oyono obtient d'importantes fonctions diplomatiques dans son pays - il sera ambassadeur du Cameroun à Paris de 1964 à 1975, avant de devenir ministre de la Culture. Il s'est éteint le 10 juin 2010 à l'âge de 81 ans.

FERDINAND OYONO

LE VIEUX NÈGRE ET LA MÉDAILLE

JULLIARD

© Julliard, 1956.
ISBN 978-2-264-03834-0

A MON PERE.

PREMIERE PARTIE

I

Meka était en avance sur le « bonjour du Seigneur », le premier rayon de soleil qui lui tombait habituellement dans la narine gauche, en s'infiltrant par l'un des trous du toit de raphia pourri et criblé de ciel.

Meka n'avait presque pas dormi. Les yeux lui piquaient. Il bâilla et s'étira pour décharger le panier de pierres qu'il sentait sur ses omoplates comme au lendemain d'une cuite. Il en voulut à sa femme qui continuait à ronfler. Comment pouvait-elle dormir si profondément alors que la convocation du commandant était sous le lit, dans une savate !

— Kelara ! hurla Meka en lui donnant des bourrades. Comment peux-tu dormir quand ton mari a des ennuis ?

Kelara jappa et se retourna contre le mur.

Meka l'empoigna par les épaules.

— Réveille-toi ! Comment peux-tu dormir quand j'ai des ennuis !... O femme aussi faible que les apôtres du Seigneur sur le mont des Oliviers ! Tu sais que je dois me présenter très tôt chez le commandant. Prions !... Tu laisseras les prières à tous les saints. Je ne veux pas être en retard... Au nom du Père...

Ils prièrent d'une voix monotone et chantante, agenouillés sur leur lit de bambou comme des chameaux que l'on charge.

Meka dit enfin « Amen ». Il se leva, s'enveloppa de son pagne puis alla ouvrir la porte.

— Pour ce que tu vas faire tout à l'heure, lui dit sa femme, tu devras aller un peu plus loin. Ça sent déjà jusqu'ici...

Meka se dirigea derrière la case. Il contourna un tas d'immondices puis pénétra dans un buisson, et s'accroupit. A proximité, une truie attendait impatiemment qu'il eût fini.

Meka se tournait et se retournait devant sa femme. Il boutonna sa veste kaki et remua délicatement les épaules. Il se dirigea vers le piquet central de la case sur lequel était planté de biais un énorme clou rouillé qui tenait lieu de porte-chapeaux. Il en décrocha gravement son vieux casque de liège noirci par la fumée et qui pendait par sa jugulaire rapiécée. Des cancrelats et un jeune scolopendre s'en échappèrent et coururent jusqu'à Kelara qui les broya avec ses talons en cul de pioche, Meka contempla l'intérieur de son casque, le tapota, le contempla encore puis s'en coiffa. Il paracheva son élégance en glissant la jugulaire sous le menton.

— Tu es très bien, dit sa femme, on dirait un pasteur américain.

Meka lui sourit et s'assit sur une vieille caisse à sardines.

— Apporte-moi à manger, dit-il. On ne se présente pas devant un Blanc le ventre vide.

Sa femme lui apporta le plat de manioc de la veille et une pâte d'arachides. Quand le plat fut vide, Meka but un grand gobelet d'eau et se leva.

— Fais attention, lui recommanda sa femme. Ne va pas montrer ta susceptibilité devant le Blanc. Pour une fois, aie un peu pitié de moi. Ne réponds pas aux gardes, tu sais bien qu'ils n'hésitent pas à brimer un homme mûr et respectable comme toi...

— Je garderai la bouche fermée, promit Meka. Seulement si je ne rentre pas, va le dire au prêtre... pour qu'il arrange cela, il me doit bien ça...

Meka sortit de la case. Sa femme, assise à côté de la porte, le suivit des yeux jusqu'à ce que sa silhouette ne fût plus qu'un point blanc à l'autre bout du village.

Si Meka s'était levé tôt, ce n'était pas que son village fût loin de la ville. Il s'y rendait quelquefois pour aller se faire piquer à la Crève des Nègres[1]. Il ne connaissait pas exactement la distance qui séparait Doum, son village, de la ville. Cette distance se réduisait pour lui à une seule étape : chez Mami Titi, cette femme venue des bords de la mer et dont la renommée pour distiller l'*arki*[2] était sans précédent. Chez Mami Titi qui habitait le quartier indigène, c'était déjà la ville. De là au bureau du commandant, il n'y avait que quelques pas à faire en montant une colline abrupte.

Meka avait pris les raccourcis, ces chemins sinueux, aux alentours des petites villes coloniales. Son pantalon était mouillé au-dessous des genoux. A cette heure matinale, les herbes,

1. L'hôpital.
2. Alcool indigène.

couvertes de rosée, s'inclinaient sur le sentier. Meka les écartait de sa canne mais, comme des élastiques, elles revenaient aussitôt s'accrocher à son pantalon et l'arroser généreusement.

Meka poussa un soupir quand la piste déboucha sur le quartier indigène. Dominant ce dernier, la ville des Blancs, bâtie sur la colline limitrophe, était en vue. Meka secoua alternativement ses jambes. A chaque mouvement, son pantalon faisait entendre un « ploc » de toile mouillée. Il le retroussa jusqu'aux genoux et dévoila des mollets en forme de fuseaux. Meka passa entre plusieurs cases, en contourna quelques-unes puis pénétra dans une autre. C'était là son étape habituelle.

La case était déjà animée. Tous ceux qui se rendaient au travail au quartier blanc venaient là, chez Mami Titi, prendre leur viatique pour la journée. Accroupis sur les talons, assis sur des caisses vides, ils sirotaient leur *arki* tout en causant bruyamment.

Meka entra.

— Je vous salue tous ! dit-il en levant son casque.

Toute l'assistance se retourna vers la porte.

— Nous acceptons, répondirent-ils.

— Bonne matinée, dit Mami Titi. Que t'est-il arrivé, Meka ?

— Un em... de Blanc, dit-il en cherchant du regard une place disponible.

— Que ce jeune homme-là se lève pour donner sa place à l'homme mûr, dit Mami Titi à un adolescent déguenillé qui lançait en l'air son bol vide pour le recueillir ensuite dans ses mains en forme de coupe.

— Dis-moi de m'en aller parce que je ne peux plus payer un autre bol !...

— Et qu'est-ce qui m'empêcherait de te f... dehors ! hurla Mami Titi qui avait écrasé des pieds pour venir se planter devant le jeune homme.

Elle renifla sur le ventre de son pouce puis reprit d'une voix subitement langoureuse :

— Je n'aime pas les histoires, petit ! Je peux te donner à boire pour rien...

Elle appuya ces mots d'un battement de cils.

— Tout ce que je veux, c'est un peu de politesse... Je peux te donner à boire tant que tu veux...

— Assieds-toi, père ! dit le jeune homme en se rejetant brusquement en arrière pour que Mami Titi ne le frôlât pas.

Ils se mesurèrent du regard et le jeune homme, un petit sourire en coin, s'en fut en époussetant le fond de son pagne. En poussant un soupir de satisfaction, Meka se laissa choir sur le vieux bidon à essence encore tout chaud. Mami Titi se dirigea vers la porte.

Meka coiffa son genou de son casque et posa sa canne contre le mur. Il se frotta les mains et les serra entre ses cuisses puis bâilla en se penchant en arrière.

— Tu as dû te lever tôt pour chasser ! lança son voisin qui ne quittait pas des yeux le pantalon de Meka. Un bon chasseur, c'est comme une putain, ça sent à distance...

— J'ai pris les raccourcis, dit Meka avec un sourire gêné. Je ne suis bien que sur les pistes... Ça, c'est plus fort que moi... La route, avec ces gros cailloux...

Il grimaça comme si on lui avait fait mal.

— Ta mère a dû manger du rat-panthère quand tu étais dans son sein ! dit le voisin en s'esclaffant [1].

Le rire gagna l'assistance.

---

1. Espèce de rat zébré qu'on ne trouve nulle part ailleurs que sur les pistes des hommes.

— Essayez de la boucler ! intervint Mami Titi. Cet homme-là... n'en est pas un seulement par son sexe. Des hommes comme lui... il n'y en a plus...

— Bosse de vache ! sa tête me revient ! dit le voisin de Meka. M'est avis que... mais c'est toi qui as filé ta terre au bon Dieu !

— A la Mission catholique, rectifia un autre.

— C'est la même chose...

— C'est tout comme ! répéta Mami Titi dont les puissants biceps saillaient sous l'effort qu'elle faisait en promenant une volumineuse bonbonne d'alcool de groupe en groupe.

— Alors, c'est toi ? insista le voisin de Meka.

— C'est moi-même.

Un silence d'étonnement régna dans la case.

— Quel couillon ! lança quelqu'un.

— Toi, au moins, tu dis ce que tu penses ! dit Meka.

— Ça ne m'étonnerait pas qu'on la lui ait arrachée, dit un autre.

— C'est un peu la vérité, dit encore Meka.

— C'est le commandant qui t'a convoqué ? enchaîna son interlocuteur.

— Oui...

— On ne se présente pas devant le commandant avec les yeux que tu as là ! dit Mami Titi en tendant un bol plein à Meka. Ce n'est pas avec ton air de vieille fille qu'il trouvera à qui parler !

— C'est imprudent, ce que je vais faire là, dit Meka en protestant du chef. Le gouvernement...

— Quel gouvernement ? s'étonna Mami Titi.

— Je veux dire le commandant...

Il protesta encore du chef et reprit :

— Si le gouvernement sent que j'ai bu ça...

Meka hésita encore puis sa main droite arracha le bol de la main de Mami Titi. Il se signa rapidement de la main gauche en

14

oubliant le Saint-Esprit puis serra le bol dans le plat de ses mains tout en continuant à protester.

— Si le commandant sent que j'ai bu de l'alcool, ce sera la prison...

— Tu n'auras qu'à sucer ensuite deux oranges, dit celui qui l'avait traité de couillon. S'il te demande si tu es saoul, tu lui diras que tu as mangé une orange...

— Les Blancs, c'est facile à avoir ! dit un autre.

— Ça, c'est une trouvaille, apprécia Meka en vidant son bol d'un seul trait.

Il fit une grimace et rota.

— Ça, c'est du vin, déclara-t-il. Comment dit-on en français : « J'ai mangé une orange » ?

— Moi sucé d'orange, répondit quelqu'un.

— D'orange moi sucé, répéta Meka.

« Ce n'était pas mal. Ce garçon était vraiment intelligent », pensait-il. « Lui, il n'aurait jamais pu trouver ça : « Sucé d'orange. » Il sentirait bien l'orange. Les Blancs, ça croit à tout. Le commandant n'interdirait pas aussi la vente des oranges. Le garçon qui avait trouvé le truc était vraiment la tortue en personne. »

On avait interdit aux indigènes la distillation de leur alcool de bananes et de maïs bon marché pour les pousser vers les liqueurs et le vin rouge européens qui inondaient le Centre Commercial. Depuis quelque temps, Gosier-d'Oiseau — les Noirs l'appelaient ainsi à cause de son cou interminable — et ses hommes désespéraient de mettre la main sur quelque vendeur clandestin. Les rafles succédaient aux rafles. L'*arki* était aussi rare qu'une larme de chien. Si Gosier-d'Oiseau avait pu se lever à une certaine heure matinale, à cette heure où le Blanc des colonies, anéanti par la chaleur équatoriale et le whisky de la veille, dort encore, la bouche pâteuse sous sa moustiquaire, il aurait remarqué qu'une animation incroyable régnait au quartier indigène et en particulier chez Mami Titi. De guerre lasse, Gosier-d'Oiseau s'en était remis au Révérend Père Vandermayer. Le missionnaire, du haut de sa chaire, avait eu vite fait de condamner cette boisson qui, disait-il, noircissait les dents et l'âme de ses paroissiens. Il avait décrété que tous ceux des chrétiens qui en buvaient commettaient un péché mortel en avalant chaque gorgée.

Cela avait mis Meka dans une situation dramatique. Meka était souvent cité en exemple de bon chrétien à la Mission catholique de Doum. Il avait « donné » ses terres aux prêtres et habitait une petite case misérable au village dont la Mission portait le nom et qui s'étendait au pied du cimetière chrétien. Il avait eu la grâce insigne d'être le propriétaire d'une terre qui, un beau matin, plut au Bon Dieu. Ce fut un père blanc qui lui révéla sa divine destinée. Comment pouvait-on aller contre la volonté de Celui-qui-donne ? Meka qui, entre-temps, avait été recréé par le baptême, s'effaça devant l'huissier du Tout-Puissant. Il suivit, enthousiaste, l'édification du quartier du Seigneur sur la terre de ses ancêtres. Quand, la veille de l'inauguration par l'évêque, on l'invita à choisir sa place dans l'église, Meka opta pour le ciment poussiéreux et nu, zébré de mouches et réservé aux misérables, qui s'étendait au fond de la nef, au-delà du dernier rang des fidèles. C'était là que Meka suivait l'office tous les dimanches, agenouillé à côté d'un vieux lépreux. Malgré la distance qui le séparait de la Table du Bon Dieu, Meka y arrivait toujours le premier pour la communion et même avant le prêtre.

On le voyait revenir perclus d'humilité, habité par le Seigneur, le front rutilant, transfiguré. Pour les chrétiens de Doum, Meka était un grand favori dans la course au Paradis, l'un des plus rares mortels qui ne feraient qu'une apparition au Purgatoire.

Aussi, ce n'était pas sans un petit pincement au cœur que Meka entrait de temps en temps chez Mami Titi. Il ne fallait pas qu'il donnât, lui, le mauvais exemple. « Mais la bouche qui a tété n'oublie pas la saveur du lait », se disait-il. Comment aurait-il pu oublier l'*africa-gin* dont quelques gouttes lui étaient tombées sur la langue à un âge où il n'avait pas de poils sur le ventre et où il n'avait pas encore goûté au Seigneur ? Et puis cette boisson était avant tout un médicament. Il ne sentait plus ses rhumatismes chaque fois qu'il en buvait. Pour ne pas décevoir le Père Vandermayer, Meka lui disait à chaque confesse : « Mon Père, j'ai étanché ma soif alors qu'elle était tout à fait supportable. » Le Père Vandermayer s'étonnait et lui disait : « Mon frère, étancher sa soif n'est pas un péché, ne sois pas plus rigoureux que les lois de Dieu et de l'Eglise. » Meka avait alors sa communion du lendemain assurée.

Meka vida un autre bol. L'assistance était gaie.

— Il s'assoit sur un lit ! cria un énergumène.

— Môooooot ! répondit l'assistance en imitant le bruit sourd des fesses sur un lit de bambou.

— Un tam-tam vient du fromager !

— En causant, buvons ! répondit encore l'assistance.

— *Ite, missa est...*

Tout le monde se mit à rire.

— Je vous plaque, les amis ! dit Meka. Le terme de mon voyage est chez le commandant.

Il enfonça son casque sur sa tête. Il lui sembla qu'il découvrait pour la première fois la grande route qui s'étendait devant lui. Elle s'amenuisait là-haut, au sommet de la colline où l'on devinait le toit de la Résidence.

— Cette route est belle, dit Meka, elle est vraiment belle ! O route ! fille de nos corvées, conduis-moi chez le Blanc...

Un air trottait maintenant dans sa tête. Il commença d'abord à siffloter en faisant des moulinets avec sa canne. Il la fixa horizontalement sur ses épaules et y suspendit ses bras. Cela faisait du bien. Il se sentait délivré d'un grand poids. L'air qu'il sifflotait avait quitté ses lèvres pour trotter encore dans sa tête. Meka se mit à chanter. C'était un vieil air d'avant-guerre, du temps de Bertaut [1]. Les paroles lui revenaient facilement :

> *Ma bouche était salée*
> *En lorgnant tes aisselles*
> *Elle fut encore plus salée*
> *En lorgnant ailleurs*
> *Je préférais ce sel*
> *En lorgnant ailleurs*
> *A celui du baptême*
> *En lorgnant ailleurs*
> *O Cantonnière en sueur*
> *En te lorgnant ailleurs*
> *Qui dormais sous le manguier*
> *En te lorgnant ailleurs...*

Meka esquissa un pas de danse. Est-ce que ses pieds lui appartenaient vraiment ? Non, ce n'était pas possible, ils étaient si légers ! Quel bonheur de se sentir libéré, jeune, heureux...

— Père, tu es là-dedans ! dit un passant.

1. Célèbre administrateur des colonies.

— C'est ça même ! répondit Meka.
Il recommença à chanter.

« *Ma bouche était salée...* »

Tous les Noirs qui se rendaient au quartier européen s'étaient groupés autour de lui. Ils reprenaient en chœur :

« *En la lorgnant ailleurs...* »

Meka chantait seul la strophe.

Il se trouva sans avoir comment au sommet de la colline.

— Où vas-tu, père ? lui demanda quelqu'un.

— Là, devant moi, dans cette maison, là-bas au bout de ma canne... Je vais voir le commandant.

— Tu me garderas un morceau de pain...

— Et une bouteille de Berger [1] ! répliqua Meka.

Tout le monde se mit à rire. Meka serra toutes les mains. Il ôta son casque. Le bureau du commandant était devant lui.

A Doum, on savait où conduisaient les convocations officielles, aussi était-ce devenu un sinistre honneur que d'être distingué par le commandant. Meka, lui, n'était pas de ceux que l'on remarque. Tout entier à son Bon Dieu, à qui il allait parler dans la poussière et parmi les mouches de l'église, il cultivait son effacement sur la terre à laquelle il restait attaché par l'*africa-gin*, les boîtes de sardines et le porc-épic fumé. Le commandant devait avoir eu l'œil du Seigneur pour s'intéresser à Meka. Après avoir vainement cherché les motifs de la convocation de Meka, les villa-

1. Apéritif qu'il était interdit de vendre aux Noirs.

geois s'endormirent, convaincus que le pays allait avoir un martyr, un saint martyr.

Maintenant les portes s'ouvraient une à une, déversant dans la cour les bêtes domestiques qui avaient le privilège de dormir dans les cases. Les hommes en sortaient aussi, drapés dans des pagnes ou des couvertures. Ils se versaient un peu d'eau sur le visage et se dirigeaient par petits groupes vers la case-chapelle au bout du village. Kelara, la femme de Meka, se joignit à eux.

— Kelara, as-tu bien dormi ? lui demandait-on.

— J'ai compté les nattes du toit... répondit-elle.

— Moi aussi, enchaînait un interlocuteur.

Ils évitaient tous de parler du sujet qui les avait tenus éveillés tard dans la nuit. C'était maintenant au cœur de remplacer la bouche fatiguée.

Tous les chrétiens s'étaient engouffrés dans la petite chapelle de terre battue où Ignace Obebé, le catéchiste, dirigeait les prières. Kelara s'agenouilla sur l'un des vieux troncs de parasoliers émondés qui servaient de bancs et de prie-Dieu. Elle commença les prières à tous les saints qu'elle n'avait pu réciter avec son mari. Elle ne pensa plus à rien d'autre.

Ignace Obebé entra. Bâti en force, il inspirait la crainte avec son cou de buffle et ses yeux à fleur de tête, très mobiles. Il n'avait presque pas de front. Ce qui était comique, c'était surtout la petite voix qui sortait de cette masse de chair. A entendre parler Ignace Obebé, on pensait à une voix d'enfant.

Ce matin-là, il portait un gilet crasseux qui ne lui descendait pas tout à fait jusqu'au nombril. Son ventre pointait dru entre le troisième bouton de son gilet et la grosse couverture de laine qu'il portait enroulée autour des reins. Il commença la prière. L'auditoire récita avec lui.

Tous les villageois de Doum se retrouvèrent autour de la chapelle quand Ignace Obebé prononça le mot « Amen ». Le soleil était déjà bien au-dessus de l'horizon. Il déversait une petite chaleur délicieuse semblable à celle que donne le feu des cases.

— Loué soit Yésouss-Christouss ! dit Ignace en rejoignant le groupe des fidèles.

— Toujours et toujours ! répondirent les villageois en s'écartant pour lui permettre de se placer au centre du cercle.

— Kelara, ma sœur ! commença Ignace en se frottant les mains. Aie confiance en Lui. Rien n'arrive sans qu'Il le veuille... Et ceux qui croient en Lui... ne seront jamais déçus.

— Pour être croyante, je le suis ! Sûr que je sens là, sous ma vieille poitrine, la foi qui bat... et chaque fois que j'ai regardé le ciel, j'ai toujours été certaine que le Bon Dieu était bien de l'autre côté ! Seulement avec ces Blancs...

— Il est le plus fort ! brailla Obebé en soulevant un nuage de poussière sous ses énormes pieds plats qui trépignaient.

Il scruta le ciel puis, ébloui par l'éclat d'acier des cumulus réverbérant le soleil, il baissa la tête et aboya comme s'il venait de puiser une nouvelle force.

— Tout vient de Lui !

— Je n'irai pas au champ aujourd'hui, dit Kelara. C'est un jour noir... Je vais attendre Meka devant ma porte en priant de temps en temps... S'il ne revient pas, j'irai voir le prêtre comme il me l'a recommandé. Loué soit Yésouss-Christouss !

— Toujours et toujours ! dit la voix fluette d'Ignace Obebé dans un étranglement.

La foule s'égailla.

Combien de temps Kelara passa-t-elle assise

devant sa porte, les yeux fixés sur l'autre bout du village où avait disparu son mari ? Le soleil avait dépassé le milieu du ciel. Il s'inclinait déjà. Les paysans, harassés, un chiffon en guise de cache-sexe, rentraient des champs, machette en main, un chapelet autour du cou. Ils se traînaient jusque chez Kelara et, bien qu'à bout de souffle et incapables de proférer une parole, ils retrouvaient, devant la femme de Meka, un peu d'énergie pour faire une grimace éloquente qui traduisait leur inquiétude. L'espoir de Kelara s'amenuisait à mesure que le soleil déclinait. On voyait l'ombre des objets. Les oiseaux du soir traversaient le village. Kelara commença à désespérer.

C'est alors qu'elle entendit le bruit d'une voiture. Tout le village aussi avait entendu. Tous les gens étaient devant leurs cases. Quelqu'un cria : « La voilà ! »

La voiture se dirigeait vers le milieu de la cour, suivie par une foule de gamins nus qui criaient avec frénésie. Meka était assis à côté d'un Blanc qui conduisait. Il se penchait de temps en temps à la portière pour que tout le village pût le voir. Quand la voiture le déposa devant sa case, le Blanc lui serra la main et l'aida à descendre une caisse qui devait être bien lourde à en croire les efforts que faisaient les deux hommes. Le Blanc démarra ensuite en faisant de grands signes à Meka qui lui répondit en agitant son casque tant que la voiture fut en vue. Sa femme, en louant le Seigneur, courut à lui.

Tout le village était chez Meka. Celui-ci avait abandonné sa mine de saint homme, il bombait le torse. Sa femme prit son casque. Il tendit sa canne à un jeune homme en arborant un large sourire.

— Tu ne vas pas nous tenir longtemps en haleine, s'impatienta Kelara.

— C'est ce que nous disons tous ! surenchérit la foule.

Meka se racla la gorge puis passa sa langue sur ses lèvres.

— Eh bien ! commença-t-il, le commandant m'avait appelé pour me dire que le grand Chef de tous les Blancs, qui est à Timba, viendra me donner une médaille le jour du 14 juillet...

Un court silence suivit ces mots. Il fut rompu par les hurlements stridents des femmes. Elles poussaient ces cris de joie qu'un Blanc nouvellement débarqué prendrait pour une sirène d'alerte. Les femmes s'étaient organisées. Elles formaient un demi-cercle devant la véranda de Meka. Celui-ci, assis à côté de sa femme, dodelinait de la tête.

— Qu'est-ce qu'il y a ? demandaient les retardataires. Qu'est-ce qu'il y a ?

— Il paraît qu'une médaille venant de Paris lui sera donnée par le Chef des Blancs de Timba qui viendra ici spécialement pour ça...

Ainsi répondaient tous ceux qui avaient eu la primeur de la nouvelle... Quand la nuit vint, ce n'était plus la médaille qui venait de Paris, c'était le plus grand Chef de tous les Blancs, le Président de la République, qui viendrait lui-même épingler une médaille sur la poitrine de Meka...

— Je n'aime pas ces manifestations avant que la médaille soit accrochée là (il pointa l'index sur sa poitrine), murmura Meka à sa femme. Avec les Blancs, on ne sait jamais...

Meka avait renvoyé les femmes. Cette fête anticipée pouvait attirer le malheur. Il ne doutait pas que la médaille fût dans quelque tiroir du bureau du commandant ou de celui du Chef des Blancs à Timba. Mais un malheur pouvait lui arriver dans cette semaine qui précédait le 14 juillet. Il se trouva vieux. Cela l'effraya.

« Les vieux, pensa-t-il, c'est malade le matin et ça meurt le soir. » Il essaya de calculer son âge. C'était impossible. Il regretta de n'être pas né à cette époque où l'on enregistre chaque naissance dans un grand cahier. Il était comme toutes ces choses qui n'ont pas d'âge et auxquelles on donne souvent un âge plus avancé. Il passa la main sur sa tête et sentit ses cheveux. Une joie l'envahit... Les hommes mûrs du village étaient venus veiller chez lui. Il y avait Nua qui était comme lui sans âge. Il était sec comme une viande boucanée et avait la mâchoire continuellement en mouvement. Il gardait toujours une noix de kola sous la langue. Nti, lui, était remarquable par son éléphantiasis commençant. Il n'était pas originaire de Doum. Il y était venu, attiré par la ville qui n'en est pas éloignée. Depuis vingt ans, il y allait tous les matins dans l'espoir de trouver de l'embauche. Il faisait de petits travaux de circonstance pour se retrouver avec quelques pièces à la fin de la journée. Pendant la saison de la récolte du cacao, Nti offrait ses services à Meka. C'est pourquoi celui-ci l'invitait depuis vingt ans à partager ses repas...

Mvondô était le neveu de Meka. Bien qu'il fût le fils de sa sœur cadette, il n'avait plus de cheveux. Tout le monde reconnaissait au village qu'il n'avait jamais été jeune. Une légende courait qu'il avait déjà toutes ses dents à sa naissance... Personne ne s'étonnait qu'à trente ans il fût sans cheveux, ridé et rugueux comme un vieux lézard.

Evina, un ancien cuisinier des prêtres, s'était retiré à Doum quand il avait perdu sa dernière dent au service des Blancs. Sa bouche s'était affaissée en rabattant le menton sur le cou, ce qui faisait ressortir son nez aux narines tellement ouvertes qu'on y voyait la morve blanchâtre qui y stagnait. Sa femme l'avait quitté.

Il n'était bon à rien avec son dos arrondi et ses mains qui tremblaient comme des feuilles au vent. Il passait les journées à se chauffer au soleil en attendant sagement la mort. Tous ceux qui l'invitaient savaient qu'ils donnaient au Bon Dieu... Il n'y avait pas d'espoir qu'il les obligeât à son tour.

Il y avait aussi des cousins, ceux de Meka et ceux de sa femme, les beaux-frères de ceux-là et les neveux d'un cousin du cousin de Kelara. Ces derniers étaient venus à Doum pour un ou deux jours. Ils étaient là depuis une semaine et remettaient toujours leur départ au lendemain.

Tout ce monde, groupé autour d'une lampe à pétrole que Meka avait placée entre ses jambes, était venu partager sa joie. Il y avait un visiteur sur chaque objet dont le diamètre pouvait supporter un derrière. Quelques-uns, ayant retroussé leur pagne pour ne pas se salir, s'étaient assis, les fesses nues, à même le sol.

— Alors ? interrogea Nua, les yeux brillants.

— Quand je suis arrivé, commença Meka, le commandant n'était pas encore au bureau...

— J'avais raison de dire qu'il était parti tôt, coupa quelqu'un.

— Ça va comme ça, ce n'est pas toi qui parles, dit Nua.

— Comme aujourd'hui, c'était la journée des palabres, reprit Meka, la véranda de la Résidence était pleine quand j'y suis arrivé. J'ai donc attendu, le temps de croquer une noix de kola que j'ai partagée avec... Machin... Qui est-ce qui connaît le nom de ce catéchiste protestant ?

— Lequel ?

— Celui qui a eu des histoires avec une femme à propos du cadavre de l'un de ces singes qui ressemblent à des chiens...

— Ah oui ! je vois. C'est... c'est David Ondoua.

— C'est celui-là même, répondit Meka. Nous nous sommes aperçus que nous étions côte à côte sur le banc. Lui était là pour une affaire de cacao... Comme je vous le disais, nous avons croqué une noix de kola. Je venais de curer mes dents quand le commandant apparut. Vous savez comment ça se passe. Le commandant arrive, le chef des gardes hurle. Tous les gardes et les convoqués saluent. Le chef des gardes hurle encore et vous continuez à faire ce que vous faisiez avant...

On l'écoutait attentivement. Après une pause, il reprit :

— Ce fut moi qu'on appela d'abord. Le commandant me dit de m'asseoir en face de lui. Il appela un interprète. Lui était debout entre nous. Le Blanc parla longuement. L'interprète me traduisit ce qu'il disait comme ça : « Meka, tu es quelqu'un parmi les hommes. Depuis que je suis dans ce pays, jamais je n'ai vu un cacao aussi bien séché que le tien. »

— Pour du bon cacao, c'en est un, le tien, ponctua Nua.

— « Tu as beaucoup fait pour faciliter l'œuvre de la France dans ce pays. Tu as donné tes terres aux missionnaires, tu avais donné tes deux fils à la guerre où ils ont trouvé une mort glorieuse... (Il essuya une larme imaginaire.) Tu es un ami. » Il me serra la main par-dessus la table et termina : « La médaille que nous te donnerons veut dire que tu es plus que notre ami. » C'est quelque chose comme ça que m'a traduit l'interprète. Je lui ai dit de répondre au commandant que moi j'étais bien content d'être l'ami des Blancs et de lui demander qui allait me décorer puisqu'il avait dit « nous ». Le Blanc, lui, riait. Il parla encore à l'interprète qui me dit comme ça que ce serait le Chef des Blancs de Timba lui-même et pas son à-côté qui viendrait m'accrocher ça.

« J'ai attendu ensuite le catéchiste américain [1]. Nous sommes parents. Dans la tribu des Yemvams, il est *mon beau-frère par mon beau-frère* [2]. Sa fille a épousé un Haoussa, c'est chez elle que nous sommes allés à midi. On a mangé un de ces couscous ! Il n'y a que les Haoussa pour préparer un couscous pareil. Nous nous sommes promenés au Centre commercial. C'est là que j'ai rencontré M. Kobbingôlôm [3], mon acheteur de cacao habituel. Il m'a dit de prendre tout ce que je voulais dans sa boutique.

— Pour rien ? demanda Mvondô avec une intonation incrédule inimitable.

— Oui, pour rien. C'est peut-être son cœur qui lui a dit ça... Je ne sais pas, mais je suis certain qu'il m'a assez volé comme ça...

— Peut-être qu'il va bientôt mourir et qu'il veux être en paix avec Dieu, d't Evina.

— Pour être près de la tombe, il l'est, lui, le vieux Kobbingôlôm ! dit une voix sortant de l'ombre.

— J'ai donc choisi cette caisse de boîtes de sardines, continua Meka.

Toutes les têtes se tournèrent vers la caisse qu'on avait poussé sous un lit de bambou.

Une silhouette massive s'encadra dans la porte et lança d'une voix fluette :

— Loué soit Yésouss-Christouss !

L'assistance répondit :

— Toujours et toujours.

— C'est toi, Ignace, dit Meka en levant les

---

1. Catéchiste protestant indigène.
2. Parce qu'il est de la tribu du beau-frère de Meka.
3. Krominopoulos.

yeux et en enfonçant un peu plus la caisse de conserves, avec son talon, sous le lit.

— Je voulais partager votre joie de la chair, bien que je n'en connusse pas la raison...

— Mvondô ! interpella Meka, tu es chez toi, laisse ta place au catéchiste...

Mvondô se leva et alla s'appuyer contre le mur. Ignace s'assit en face de Meka.

— Tu vois, Kelara, j'avais raison de te dire que rien ne lui arriverait...

— Je n'ai jamais désespéré, répondit Kelara.

— Alors, mon frère, dit la voix fluette, quelle est ma part de la nouvelle ?

— Pas grand-chose, dit Meka avec fausse modestie. Le Chef des Blancs de Timba viendra lui-même m'épingler une médaille sur la poitrine... là... (Il pointa encore l'index sur sa poitrine.)

— Je suis content pour toi, mon frère, dit Ignace. Mon vœu est que tu puisses gagner une autre médaille, la vraie, celle-là... L'aurons-nous ? C'est une question à méditer.

Meka fronça les sourcils.

— Notre monde est pourri, continua Ignace. L'orgueil le domine. Il le conduit maintenant à l'anéantissement de ce que Dieu a créé... Tenez, par exemple, cette prostitution qui règne au quartier indigène... cet alcool qui débarque... qui débarque toujours... cet alcool où se consument les âmes... Cette bombe à fumée qu'ont inventée les Blancs, pourquoi ne pas voir en tout cela ces phénomènes annoncés qui doivent précéder la fin du monde ? Le monde est en train de vivre l'aventure de Lucifer, je vous le dis, et son avenir m'effraie.

Meka fronça encore les sourcils.

— Pourquoi dis-tu tout cela ? Est-ce à cause de ma médaille ? demanda-t-il avec un tremblement dans la voix.

— Non et non, répondit placidement Ignace.

Je parle d'autres choses qui dépassent une médaille.

— Saints apôtres ! lança Meka, excédé, est-ce qu'on va vivre pour attendre la fin du monde ? Et la médaille, si on vous la donne, est-ce qu'il faut la refuser à cause de la bombe à fumée et de la fin du monde ? D'ailleurs, qu'est-ce que c'est que cette bombe à fumée-là [1] ?

— Une création de l'orgueil ! répondit Ignace. Les Blancs ont inventé une bombe telle que si on en lance une seule ici, plus d'arbres, plus de terre, plus de tout ce que vous voyez et entendez... Nous nous transformerons en fumée.

— Ouais ! Ces Blancs-là n'ont pas fini de nous créer des ennuis... Après le « kanon » et la « mistayette », la bombe à fumée !

— Nous autres, missionnaires, dit Ignace avec un large sourire, nous sommes comme les hiboux. Dès que nous annonçons l'avenir, on crie à la sorcellerie.

— ...

— Meka, tu ne dois pas me regarder avec de mauvais yeux. Je n'ai dit que la vérité.

— Mais tu n'as jamais dit la vérité sur ton célibat ! Tu n'es pourtant pas un prêtre.

— C'est un vœu que j'ai fait à mon Dieu.

— Le mariage, c'est un sacrement comme le baptême, la communion et tout le reste...

— Je ne sais que te répondre... Je ne crois pas que je puisse servir mon Dieu avec une femme à mon côté.

— Toi, tu es un saint, dit Mvondô, ironique.

— Un drôle de saint, dit Nua, tu n'es pas né catéchiste ! Et avant que tu le deviennes, on n'a pas eu vent de quoi que ce soit...

---

1. Bombe atomique.

Le visage d'Obebé était figé dans une expression de profond mépris. Il considéra tour à tour chacun de ses interlocuteurs, puis leur lança :

— Je vous pardonne parce que vous ne savez pas ce que vous faites...

Il se leva et s'en fut dans la nuit.

— Pourquoi em...-vous le catéchiste ? demanda quelqu'un en se trémoussant.

— C'est lui qui nous em..., repartit Nti ; s'il n'a rien entre les jambes, il n'a qu'à se tenir tranquille !

— Un gros type pareil ! s'esclaffa quelqu'un.

— J'ai entendu dire qu'il n'avait rien ! enchaîna un autre.

— Pour sûr qu'il n'a rien ! dit Kelara, avec son gros ventre !

Tout le monde riait.

— Ce n'est pas comme les catéchistes protestants, maugréa Evina, eux, au moins, ce sont des hommes qui agissent.

— Vous savez, le catéchiste qui était avec moi à la résidence avait eu une drôle d'histoire, dit Meka.

— Je voulais te demander ce que c'était que cette histoire, demanda quelqu'un.

— Vous la connaissez ! dit Meka qui voulait se faire prier.

— Non ! non ! s'écria l'assistance.

Meka toussa. Tous les yeux se fixèrent sur lui.

— Avant qu'il ne soit marié comme il l'est maintenant, commença-t-il, il était catéchiste protestant au village de mes beaux-frères. C'est là qu'il tomba amoureux d'une des femmes du chef. Il n'osa pas se déclarer. Pour chasser le démon qui s'était installé dans son cœur, il ne se nourrit plus que du Seigneur qu'il descendait à coup d'eau bénite dans son estomac. Il se consuma en prières et en pénitences, s'infligeant les pires châtiments corporels. C'est ainsi qu'il passait les nuits, voûté au pied de son lit, ruisselant de sueur, un index piqué en terre, un pied en l'air. Puis, un jour, il partit chasser le singe à l'arbalète. Il tua un cynocéphale. Tout content de lui, il revenait au village quand il rencontra sur son chemin, en pleine forêt, la femme qui menaçait sa vertu. Au lieu de fuir, sans mot dire, il lui tendit le cadavre du cynocéphale. Puis il s'enhardit à parler : « Tu pourras dire que tu l'as trouvé dans un dôme de verdure. Tu peux toujours le prendre... pour une raison ou une autre... » La femme du chef commença donc à faire la femme. Elle faisait voir qu'elle voulait dire : « Va jusqu'au bout, dis-moi tout ce que tu veux. » N'en pouvant plus, le catéchiste lui dit : « Tu sais que ma bouche est sacrée. Je ne veux pas dire que je t'aime. Seulement, voilà, celui-ci (en montrant son bas-ventre) a besoin de celle-là (en montrant le bas-ventre de la femme du chef.) »

La fin de l'histoire fut happée par un éclat de rire général.

— Ça, c'était parler ! haleta quelqu'un.

— Je n'avais jamais... en... ent... entendu parler aux... aux... femmes... de... de... cette façon ! hoqueta un autre.

— Celui-là savait ce qu'il voulait ! dit Mvondô.

— Comment as-tu connu cette histoire ? demanda Nua.

— Mon beau-frère m'avait raconté que c'était quelqu'un, un homme sûr, celui-là, qui lui avait raconté qu'il avait entendu dire que cette histoire était arrivée...

— Où va le monde ? demanda quelqu'un. Les hommes naissent et meurent... Il y a des hommes qui ne sont pas des hommes...

— Laissez Ignace tranquille ! dit Kelara.

Tout le monde se remit à rire.

— Je parlais pour m'exprimer par ma question... où va le monde ? reprit son interlocuteur.

— Si tout ce que nous a raconté Ignace était la vérité... commença un autre.

Le sommeil gagnait tout le monde. La question fut reprise par Meka et ses amis. On ne riait plus. On ne pensait plus à la médaille.

— Où va le monde ? dit encore la voix rauque de Meka qui tombait de sommeil.

Dehors, un oiseau de nuit cria.

II

Ce matin-là, à deux ruisseaux, quatre villages, trois forêts, trois rivières de Doum, dans ce petit village où Kelara, par un coup de tonnerre, vit le jour au pied d'un bananier, son frère Engamba achevait son petit déjeuner. Il comprenait deux gâteaux de maïs bien croustillants, une pâte de concombre et un morceau de vieille vipère cuite à point. Son chien kaki le regardait manger, tout en maintenant autant que possible l'écart qui l'éloignait du coup de pied de son maître. Celui-ci lui avait lancé quelques croûtes brûlées, mais quand il passa au morceau de vipère rougi par l'huile de palme, Djoltan, le chien, comprit à l'expression des yeux de son maître qu'il n'aurait pas la chance d'avaler une seule fibre du serpent. Néanmoins, sa tête faisait une drôle de gymnastique. Elle s'abaissait tant que la main de son maître était dans le plat, puis se levait graduellement en suivant l'ascension de la main d'Engamba jusqu'à sa bouche. Le voyage du morceau de vipère s'était renouvelé à deux reprises. Quand Engamba se lécha les doigts, le chien s'éloigna vers le foyer.

— Quel chien gourmand ! dit Engamba entre deux rots et en levant le bras vers l'étagère de bambou où était rangé un seau de toilette qui avait eu une meilleure destination ici.

Sa femme, qui allait et venait dans la case, poussa un petit gémissement, puis se dirigea docilement vers l'étagère, prit une calebasse taillée en gobelet, la plongea dans le seau. Elle revint, la main dégoulinante d'eau jusqu'au poignet tout en maintenant le gobelet tropical entre le pouce et l'index. Elle marchait à petits pas en gardant horizontalement sa main occupée.

Son mari, sans la voir, la regardait venir. Il prit le gobelet-calebasse entre ses grosses mains et le vida avec trois glouglous cadencés au mouvement de va-et-vient de sa pomme d'Adam. Sa femme attendait. Il lui tendit le gobelet et s'essuya les lèvres du revers de la main. Il rota encore, mais cette fois-ci en se grattant le ventre avec l'auriculaire. C'était signe qu'il avait bien mangé.

— Bieng m'a un peu lésé dans le partage de la vipère, il ne m'en a envoyé qu'une bouchée, soliloqua Engamba.

— Tu n'as qu'à t'en prendre à toi-même, lui dit sa femme. Du moment que c'est toi qui avais vu la vipère le premier, tu aurais dû proposer à Bieng qu'il te laissât faire le partage.

— Je n'aime pas perdre des amis pour de telles questions, dit Engamba en se levant.

Sa femme secoua la tête. Les dernières paroles d'Engamba étaient en contradiction avec la façon dont il avait pris son petit déjeuner. Il avait mangé près de la porte, presque derrière le battant. De temps en temps, il s'était penché pour regarder l'éveil du village.

Les chrétiens revenaient de la case-chapelle, emmitouflés dans des pagnes ou dans des couvertures. Ceux qui avaient un parent en ville portaient directement sur leur peau soit un vieux pardessus, soit une robe de chambre, soit encore un vêtement de nuit quelconque qui détonnait sur ces êtres constellés de médailles, de scapulaires, de chapelets et parfois d'une puissante croix de plomb suspendue à leur cou par une fibre de rotin. Ils descendaient la cour en discutant tout haut sur les mystères de l'Eglise. Quand ils regardaient du côté de la case d'Engamba, il se rejetait derrière le battant de raphia. Il les connaissait, tous ses frères de sang et d'esprit...

Il y avait Mbogsi, avec qui il avait été circoncis. Son frère cadet avait émigré en Guinée espagnole. Il y était depuis deux ans et lui avait déjà envoyé un vieux pardessus, un casque et un réveil. Il mettait le vieux pardessus tous les matins pour se rendre à la case-chapelle. Il avait étrenné une seule fois son casque. Ce fut quand il alla demander la main de la présidente de l'Association Sainte-Anne du village, un vieux ver solitaire à la tête de chauve-souris. Après s'être assis sur les talons pendant vingt ans devant Engamba pour partager ses repas, Mbogsi avait pensé à se marier pour ne plus confesser au prêtre, à la veille des grandes fêtes, son éternel péché de « pensées lubriques ». La vieille présidente de l'Association Sainte-Anne, qui avait déjà les bosses de l'âge derrière les oreilles et sur la nuque et qui avait perdu ses incisives, refusa Mbogsi qui se consola dans les commentaires stériles de la Bible simplifiée qu'il ne quittait jamais.

Quand il passa devant la case d'Engamba, les grimaces qui se succédaient sur son front témoignaient des efforts qu'il faisait pour savoir pourquoi Jésus-Christ ne pouvait s'appeler autrement... C'était à ce moment qu'Engamba s'était blotti entièrement derrière le battant.

« Pourvu qu'il ne promène pas ses gros talons ici », se disait-il en se retenant de mâcher.

Mbogsi avait hésité un moment puis, après avoir fait un pas à droite et un à gauche, il avait foncé dans la case opposée à celle d'Engamba où l'on pilait les bananes, signe infaillible d'un petit déjeuner qui était prêt.

Maintenant que le plat était vide, Engamba se montra à la véranda. Il promena ses doigts sur l'auvent de raphia, à la recherche d'un morceau de bambou pour dégager les bouts de viande entre ses dents. Il répondit aux saluts des retardataires qui revenaient de l'église après les premiers groupes exubérants. Il retira le bout de bambou de sa bouche. Une salive rougeâtre en jaillit comme d'une pompe foulante et manque de tomber sur le plumage multicolore de deux canards qui se disputaient un mille-pattes un peu plus loin.

Une rumeur venait de l'autre côté du village. Engamba avança dans la cour. Sa femme s'encadra dans la porte. Mbogsi sortit de la case d'en face, un bout d'os entre les dents. Tout le village était sur pied. On s'interpellait de case en case. Un homme s'avançait dans la cour. Il avait retroussé son pantalon jusqu'aux cuisses. Une paire de chaussures de toile blanche, nouées par des lacets, pendait sur un bâton qu'il portait comme un fusil sur son épaule gauche. Le nuage de poussière ocre qui tachait son pantalon de drill et le paquet de *stock-fish* qu'il portait sous le bras témoignaient qu'il revenait de la ville. Il avançait comme si on le poursuivait, avec cette démarche ondulante qui ressemble à la danse du ventre.

— Es-tu porteur d'une mauvaise nouvelle ? lui demandait-on. Qui est mort ?

Il secouait négativement la tête et redoublait de vitesse. Quand il vit Engamba, il se dirigea vers lui et se présenta :

— Nkolo Mendo, fils de Mendo et de Nkolo de Ngolman.

— Je sais, je sais, lui dit Engamba en lui montrant sa case. Entre, ma case est la tienne.

L'homme passa devant lui. La femme d'Eñgamba s'écarta. L'étranger se dirigea vers l'étagère, remplit le gobelet d'eau qu'il se mit à laper comme un chien. Il poussa un soupir de satisfaction et chercha des yeux une place disponible. Il s'assit sur l'un des deux lits de bambou, posa son paquet de morue à terre et un peu plus loin son bâton et ses chaussures de toile. Il se passa la main sur les lèvres.

— Qu'est-ce que tu as dans le ventre ? lui demanda Engamba presque à bout de souffle.

L'homme fit la sourde oreille. Son visage devint grave tout en prenant une expression énigmatique. Il tira le paquet de *stock-fish* entre ses jambes, puis noua et renoua les lacets de ses chaussures. Pendant ce temps, la case d'Engamba se remplissait à vue d'œil. Le bavardage des villageois finissait au seuil, dès que leur plante de pied touchait la poussière de la case d'Engemba et leurs yeux ne quittaient plus les lèvres de Nkolo Mendo. Quand il n'y eut plus d'espace libre, même pour le pauvre Djoltan qu'on avait chassé avec force coups de pied, l'étranger, qui jusque-là fixait obstinément le paquet de *stock-fish*, releva la tête vers Engamba. Celui-ci tourna la sienne à deux reprises autour de ses épaules, regarda derrière lui puis, résigné, brava le visage placide de Nkolo.

— Nos oreilles sont tendues vers toi, dit Mbogsi, tout en cherchant du regard une approbation dans la foule.

Des têtes se balancèrent en avant et en arrière. Rassuré, il reprit :

— Engamba, c'est nous tous. Rien ne le concerne en particulier. Sa douleur, ses joies, — regardant Amalia, la femme d'Engamba, — sa femme... tout ça nous appartient.

— C'est la vérité même, ponctua quelqu'un.

L'étranger caressa sa grosse lèvre inférieure et approuva Mbogsi avec un petit mouvement de la tête. Il sortit un vieux flacon à mentholentum. Il le déboucha et prit une pincée d'une poudre marron qu'il enfonça aussi profondément qu'il put dans ses narines aussi noires et velues qu'une peau de gorille. Ses yeux s'embuèrent de larmes mais, d'un mouvement sec de la tête, il les refoula et tendit le flacon ouvert à Mbogsi, tandis qu'il se frottait le bout du nez du revers de sa main libre. Quand Mbogsi se fut servi, il passa le flacon à son voisin qui le passa au suivant.

— Cette poudre de tabac, c'est quelque chose ! Ça fait longtemps que je n'ai pas prisé un tabac pareil, dit Mbogsi en se pinçant le nez.

— Mon cerveau est mieux aéré, appuya un autre, je ne sens plus mon mal de dents.

L'étranger, en se trémoussant, glissa le flacon vide dans la poche arrière de son pantalon. Il prenait bien son temps, trop même, pour mieux tenir Engamba et ses amis en haleine.

— Est-ce que le chef est parmi vous ? demanda-t-il.

Cette question sema la panique dans la case. Mbogsi, qui depuis vingt ans ne pouvait s'asseoir autrement qu'en s'accroupissant sur les talons, laissa ses fesses choir lourdement sur le sol. Il regarda Engamba qui haussa les épaules.

— Est-ce donc si important que cela ? demanda-t-il à l'étranger.

— Oui et non, répondit-il, j'ai demandé pour demander...

Engamba se leva et s'avança au milieu de la case.

— Les affaires sont comme elles sont, elles ont leurs responsables et se font comme elles doivent se faire, dit-il.

Il s'appuya contre l'unique piquet qui soutenait la toiture de raphia, puis continua à parler pour ne rien dire.

— Les fantômes ne murmurent pas sans qu'il pleuve la nuit. Si je disais « parlons bas », c'est qu'il y a un ennemi, n'est-ce pas ?

— Yééééé ! répondirent les trente voix rauques massées dans la case d'Engamba.

— Engamba dit la vérité, dit quelqu'un.

— Ça, ce sont les paroles d'un homme mûr, dit un autre.

Engamba retourna à sa place. Mbogsi voulut lui succéder au piquet.

— Assois-toi, intervint quelqu'un, quel homme mûr es-tu ? Tu t'amènes toujours avec des tam-tams dans les fêtes où l'on ne t'a pas invité. Serais-tu aussi gourmand des paroles ?

— Engamba est mon frère, coupa Mbogsi, parce que nous avons la même famille maternelle, sa mère et la mienne étant de la tribu des Banès... Tout ce qui le touche me touche aussi, nous avons le même sang et je peux parler pour sa bouche... Dis-moi si j'ai mangé chez toi, dis-le, hein ? fulminait-il.

— S'il y a quelqu'un à faire sortir d'ici, c'est bien toi ! cria-t-il à un gaillard dont une alopécie sénile avait complètement dégarni l'occiput.

— Taisez-vous ! vociféra Engamba en s'avançant encore vers le piquet. Ne commencez pas votre sorcellerie ici... L'étranger me doit une nouvelle. Nous ne savons pas encore ce que c'est et vous commencez déjà votre sorcellerie ! Où va ce village ?

Engamba retourna à sa place. Un murmure d'approbation l'accompagna.

— Etranger, à toi la parole, dit quelqu'un.

— Elle m'appartient, répondit Nkolo en se levant.

Après une pause, il reprit :

— Les affaires sont comme elles sont... J'ai marché hier sous le soleil accablant et j'ai bravé les esprits toute la nuit pour t'apporter cette nouvelle que je porte encore dans mon ventre. Il est donc inutile que tu me donnes la parole... Je viens de Doum, ce que j'ai vu et entendu là-bas ne se raconte pas. J'y étais parti pour vendre quelques fèves de cacao. Mes futurs beaux-parents me demandent un paquet de *stock-fish* pour que je puisse épouser leur fille à l'état civil. J'ai déjà donné trente mille francs, une caisse de bière, un casque, un sac de sel, trois coupe-coupe, cinq moutons, un seau à eau, une marmite en fonte, un sac de riz. Il ne me restait plus que ce *stock-fish*. Donc, j'étais parti vendre des fèves de cacao chez ces Grecs qui nous volent tout. En arrivant à Doum, on sentait que l'air n'y était pas comme d'habitude. Tous les gens que je voyais semblaient s'attendre à je ne sais quoi. Les prisonniers balayaient les rues, dressaient des arcs de palmes à tous les carrefours. Des camions et des camions de tirailleurs armés de fusils filaient à toute allure vers le bureau du commandant, vous savez, tirailleurs qui viennent du côté du Gabon, qui sont noirs comme un fond de marmite, ont une tête en forme de bourse de bélier et les dents semblables à celles d'une scie. Des baïonnettes brillaient au bout de leurs fusils. Il y avait aussi des tirailleurs blancs, ceux-là, vous ne les avez jamais vus.

— C'est la guerre ! c'est la guerre ! La guerre est arrivée ! se mit à gémir Mbogsi. La guerre est arrivée. Je savais bien que les Allemands n'allaient pas se laisser battre comme ça...

Il avait dit ces paroles sans reprendre haleine, tout en agitant ses grands bras. L'assistance le regardait, pétrifiée par ces paroles qui donnaient mal au ventre aux paisibles cultivateurs de Zourian.

— C'est ce que j'avais d'abord pensé, reprit l'étranger.

L'assistance remua. On avait eu chaud.

— C'est ce que j'avais d'abord pensé, répétat-il. Eh bien ! il n'y a pas de danger dans ce sens. La vérité, c'est que Doum est sur pied, parce que le Chef des Blancs, pas celui qui est à Timba, celui qui vit à Paris, viendra lui-même, je dis lui-même et non son fantôme, ni son à-côté ni sa ressemblance. Il viendra à Doum pour décorer...

— Meka ! rugit Engamba, Meka, mon beau-frère, n'est-ce pas ? J'en étais sûr ! Cette nuit, j'avais rêvé que j'étais plus grand qu'un éléphant.

Il étreignit l'étranger, l'écarta pour mieux le regarder, puis l'embrassa de nouveau. Amalia poussa le cri de joie le plus strident qu'elle put tout en ondulant son torse. Au-dessous de sa poitrine plate, sa robe se gonflait et se dégonflait aux mouvements forcenés des seins qu'on devinait couchés sur son ventre.

Au-dehors, d'autres « sirènes » lui répondirent. Elle sortit en coup de vent et commença à danser seule dans la cour. Elle fut bientôt entourée par des « sirènes » qui venaient de partout, des cases enfumées, d'un bout à l'autre du village, de ces mille pistes qui dans les villages sillonnent la brousse derrière les cases et conduisent soit au marigot, soit aux champs.

Les hommes n'avaient pas encore quitté Engamba et l'étranger.

— Ton beau-frère, commença-t-il quand le calme fut revenu, ton beau-frère est aussi connu que le commandant à Doum. J'ai honte de dire que je ne le connais pas. Mais quand on m'a dit qu'il avait épousé une fille des environs de chez moi, j'ai tout de suite pensé à Kelara. Je crois que c'est la seule fille de nos parages qui ait épousé quelqu'un des environs de la ville. Maintenant que son mari va recevoir une médaille, elle deviendra une femme blanche.

— Les corvées et tous les autres embêtements, tout ça c'est fini pour lui, dit Engamba, songeur. On peut dire qu'il a bien de la chance.

— Et toi, ici, intervint Mbogsi, s'il t'arrive quoi que ce soit, il te suffira de dire au commandant que tu es le beau-frère de celui qu'est venu décorer le Chef des Blancs.

— Ça, c'est la vérité, ponctua l'étranger. Ta famille, tes amis, les amis de tes amis seront désormais des privilégiés. Il leur suffira de dire : « Je suis l'ami de l'ami du beau-frère de Meka » pour que toutes les portes leur soient ouvertes. Moi-même qui vous parle, je me sens un peu décoré...

— Nous aussi, nous aussi, revendiqua l'as-

42

sistance. C'est nous qui lui avions donné Kelara en mariage.

Une lueur d'envie brillait dans les yeux des amis d'Engamba qui avait subitement pris de l'importance à leurs yeux. Il semblait très heureux de cette notoriété qui lui tombait du ciel. Il se fit répéter la relation des événements de Doum.

— C'est dommage que le 14 juillet soit après-demain. J'aurais pu aller chercher mes cabris que je fais élever à trente kilomètres d'ici. Je ne pourrai apporter à mon beau-frère que mon vieux bouc, la seule bête qui me reste au village.

Quelqu'un lui promit un poulet, un autre un canard, un autre une bouteille d'huile de palme.

« Pourvu qu'ils me les donnent », pensait Engamba.

Tout en regrettant d'avoir parlé de son vieux bouc, il regretta aussi que le mensonge habile ne fût pas un péché mortel. Ainsi il aurait pu être sûr de recevoir tout ce qu'on lui avait promis.

Quand les villageois s'aperçurent que l'étranger n'avait plus rien à dire qui les intéressât, ils se retirèrent un à un et bientôt Engamba se retrouva seul avec Nkolo. Il lui offrit un morceau de viande boucanée d'éléphant et un peu de manioc trempé. Amalia enveloppa tout cela dans une feuille de bananier. Nkolo défit son paquet de *stock-fish* et y glissa le paquet qu'on lui tendait. Il refit le nœud de son paquet, puis le posa en équilibre sur sa tête. Engamba l'accompagna jusqu'à l'autre bout du village sur la berge de la rivière où finissait sa tribu et où commençait celle des Yemeyemas dont Nkolo faisait partie.

— Un ami vaut plus qu'un frère, lui dit Engamba au moment de la séparation. Ma case te restera toujours ouverte, et comme ton chemin passe devant ma véranda, tu t'y arrêteras pour y manger quelque chose ou pour t'abriter du soleil si je n'étais pas là.

— J'ai connu plus qu'un frère, coupa Nkolo en descendant son paquet de *stock-fish* sur l'épaule. Si tes pieds te poussaient jusqu'à Ngolman, tu boirais du bon vin de palme et le vin à son tour te boirait... Ma troisième femme a le coup de reins, elle te réchaufferait le dos...

Ils se serrèrent les mains. Engamba regarda Nkolo s'éloigner de sa démarche ondulante. Il trembla un peu quand il le vit gigoter sur l'unique planche posée en travers de la petite rivière. Tout se passa bien. Quand Nkolo toucha l'autre rive, ils agitèrent encore leur bras.

— Que Dieu te garde ! cria Nkolo.

— Qu'Il t'accompagne en paix ! répondit Engamba.

Engamba revint au village. Il marcha d'abord songeur, les mains derrière le dos, en fixant le gazon où serpentait sa piste, puis il se retourna. La brousse, de l'autre côté de la rivière, avait happé Nkolo. Il sentit un petit pincement au cœur. Il haussa les épaules. C'était le geste habituel qu'il faisait pour s'empêcher de s'attendrir. Il ne connaissait pas Nkolo en particulier, mais il savait que tous les habitants de Ngolman étaient ses amis. Il regretta de n'avoir pas invité Nkolo à passer la nuit, mais il se consola à la pensée que ce polygame se serait ennuyé tout seul sur l'autre lit de bambou où dormait Djoltan. Il pensa à Amalia, sa femme, avec qui il avait embrassé le catholicisme.

Une tristesse indéfinissable plissa son front. Il se remémorait ce bon vieux temps où il avait succédé à son père. Il était riche alors et on disait à Zourian « être riche comme Engamba ». En mourant, son père lui avait laissé dix jeunes femmes et sa mère. Kelara avait alors des seins gros comme des citrons. Engamba passait des journées dans la case à palabres, assis entre les jambes de l'une de ses femmes, en discutant des mille choses dont est faite la vie d'un polygame africain. C'était une vie facile, oisive, où il était le grand bénéficiaire de l'émulation qui opposait ses femmes. Il ne pensait pas, à l'époque, que les Blancs avec leur religion seraient redoutables pour son bonheur. Il se souvint de ce matin où le premier prêtre blanc était arrivé à Zourian... Il parlait des péchés mortels, du Paradis... On l'écoutait parce qu'on ne pouvait faire autrement. Les choses changèrent quand il parla du mariage religieux. Les femmes qui, jusque-là, tiraient sur la corde comme des chèvres attachées à un piquet usé, en profitèrent pour réclamer leur liberté par l'intermédiaire du baptême. Pressentant le danger et le ridicule dont il était menacé, Engamba prit les devants en se convertissant. Amalia était la seule de ses femmes qui acceptât de se marier à l'église avec lui. Ce jour-là, le prêtre parla de l'opération du Saint-Esprit, il parla, tout rouge, les yeux étincelants, du succès de la religion catholique romaine dans cette contrée perdue où la grâce de Dieu faisait ses premiers pas dans le cœur d'Engamba, le premier païen converti.

Nkolo, lui, n'avait pas eu cette malchance. Il avait encore cinq femmes et allait bientôt « briser les pattes de l'antilope »[1] pour la sixième fois.

1. Expression indigène correspondant au français « lune de miel ».

— Le veinard ! s'écria Engamba en levant les bras au ciel.

Il pensa aussitôt à Meka. Il était presque de son âge. Il avait connu Kelara à l'âge où les filles courent encore toutes nues. Il était passé à Zourian en revenant de chercher une partie de l'héritage que lui avait laissé sa sœur aînée. En ce temps-là, le père d'Engamba était l'homme le plus puissant de Zourian. Sa case à palabres avait été construite en travers de la cour, si bien que le chemin qui conduisait au-delà de Zourian passait sur ses longues jambes posées sur les fesses de l'une de ses femmes. Chaque étranger partageait avec lui des gourdes de vin de palme qu'un esclave allait chercher tous les matins. Suivant que l'étranger était puissant ou misérable, il en faisait un ami ou un esclave. Quand Meka était passé à Zourian, le père d'Engamba avait compris que ce Mvema qui venait de Doum était un homme qui avait d'autres hommes derrière lui. Toujours conciliant avec ses égaux, il avait appelé Kelara, un bébé au gros ventre, et l'avait envoyée sur les cuisses de Meka.

— Voilà ta femme, lui avait-il dit. Tu pourras venir la chercher quand elle sera à point.

Et c'est ainsi qu'Engamba était devenu le beau-frère de Meka. Maintenant Meka allait être décoré, et par qui ? Par le Chef de tous les Blancs ! Dans l'imagination d'Engamba, c'était celui qui avait vaincu les Allemands. Un vrai chef, celui-là. Il devait connaître Meka, ou sûrement il en avait entendu parler. Meka était vraiment quelqu'un. Son nom avait traversé des mers et des mers et était parvenu jusqu'à l'oreille du grand Chef des Blancs qui avait décidé de venir lui-même lui témoigner son amitié. Qui sait s'il n'allait pas lui apporter une femme blanche, et même des bouteilles de Berger, cette liqueur qu'on ne vendait jamais aux indigènes ?

— Le veinard ! s'écria-t-il encore en levant les bras au ciel.

L'ami du chef n'est-il pas lui même un peu chef ? Quelle étrange destinée allait être celle de Meka ! De simple cultivateur qu'il était, il allait devenir quelqu'un parmi les Blancs. Il serait le seul indigène capable de passer devant le bureau du commandant avec son casque posé sur l'oreille. Au lieu d'ôter son couvre-chef devant les Blancs, c'étaient eux qui allaient se découvrir devant lui.

— Le veinard ! cria-t-il en levant les bras au ciel.

Subitement Engamba se sentit heureux, il sautilla sur un pied et retomba sur l'autre. Ses os craquèrent. Il passa ses mains autour de ses reins, puis se mit à dodeliner de la tête. Il se sentit on ne peut plus important.

— C'est mon beau-frère, Meka ! Je suis son beau-frère ! Je suis le beau-frère du médaillé !

Il ondula le torse.

— Je te prends par le pied ! lui cria Mfomo qu'il n'avait pas vu et qui était presque entièrement nu, son arbalète sur l'épaule.

Cela signifiait qu'il l'admirait.

— Je prends une avance sur la grande .fête qui m'attend à Doum ! répondit Engamba. Dommage que je sois devenu vieux ! Tu te souviens, dit-il lointain, dans notre jeune temps, on pouvait danser des semaines sans se fatiguer ! Maintenant je ne peux gravir une côte sans souffler comme un moribond.

— Ce sont ces travaux et cette fringale de viande qui nous vieillissent, lui répondit Mfomo. Au fait, quand pars-tu pour Doum ?

— Le 14 juillet est après-demain, je pars donc ce soir, quand le soleil sera moins accablant. Je voyagerai la nuit. Il est difficile de conduire un bouc sous la chaleur. Je compte revenir après les fêtes, à moins que Kelara et son mari ne nous retiennent davantage.

— Bienheureux, toi qui mangeras de la viande de bœuf demain ! lui dit Mfomo. Quant à moi, j'en ai oublié le goût. Les singes deviennent rares. Bientôt j'abandonnerai mon arbalète.

Engamba ne sut que répondre. Il fit un geste vague et se jeta dans les bras de Mfomo pour lui dire au revoir. Ils s'embrassèrent.

— Que rien de mal ne t'arrive ! lui dit Mfomo en lui pinçant les biceps.

— Merci beaucoup, répondit Engamba avec un tremblement dans la voix et en lui pinçant les biceps à son tour.

Leurs bras glissèrent mutuellement sur leurs avant-bras. Ils s'empoignèrent les mains, puis se repoussèrent.

Mfomo, comme un énorme quadrumane, disparut dans un fourré. Engamba déboucha derrière sa case.

Le raphia craquait sous l'atmosphère caniculaire de fin de saison sèche où les cultivateurs désertaient tôt leurs cases pour se dépêcher de terminer d'ensemencer leurs champs avant la petite saison des pluies. Quelques enfants abandonnés pleuraient dans l'ombre des vérandas, un morceau de banane dans une main, un bout d'os dans l'autre. Les chèvres se groupaient sous les étagères de la cour où l'on séchait le cacao et les rayons du soleil s'émiettant sur leur pelage les faisaient ressembler à des panthères à cornes.

Engamba se moucha avec un bout de son pagne. Il chassa un cabri qui se frottait contre le mur de sa case, puis entra chez lui.

Amalia allait et venait dans la case. Elle avait placé un énorme panier au centre. Quand

Engamba entra, elle l'avait déjà rempli d'arachides au quart. Elle mit ensuite quatre mains de bananes, ce qui restait de la trompe boucanée d'éléphant, quelques gâteaux de maïs, deux bouteilles d'huile de palme, quatre morceaux de canne à sucre, deux oranges et quelques feuilles de tabac.

Djoltan, assis sur ses pattes de derrière, la regardait avec étonnement. Quand son maître entra, il s'enfonça sous le lit.

— Qu'attends-tu pour attraper le bouc ? lui demanda Amalia.

Engamba siffla d'ennui entre ses dents. Sa femme lui tendit un épi de maïs. Il appela Djoltan qui jappa de peur sous le lit.

— Sors d'ici ! vociféra Engamba qui souleva brutalement le lit.

Le chien se précipita dans la cour. Engamba alla sous l'étagère où s'était amassée une partie du bétail du village. Il le chassa pour voir si son bouc s'y trouvait. Les animaux s'égaillèrent. Il n'y avait pas d'Ebogo.

Ebogo était le nom qu'il lui avait donné. C'était un bouc blanc à la barbiche noire et aux cornes cassées. On le lui avait donné quand son filleul, devenu catéchiste à une journée de marche de Zourian, s'était marié. Pour l'habituer à sa case, Engamba, les premiers jours, l'avait gardé attaché à l'unique piquet de sa case. Quand Amalia en eut assez d'enlever les excréments de l'animal et qu'elle jugea qu'il connaissait assez la maison, elle le mit dehors. Ebogo, qui avait la nostalgie de la case de son maître, ne s'éloignait jamais au-delà de la véranda. Les premiers jours, Engamba était tout content de découvrir que ce bouc l'aimait. Il lui avait donné ce nom, celui d'une jeune femme, la dernière de la succession qui lui échut à la mort de son père. Cette Ebogo, qui avait à l'égard d'Engamba les sentiments d'une souris envers le chat, n'avait vécu que dans l'attente de ce jour où le prêtre blanc la délivra de l'homme qu'elle exécrait.

Bientôt Ebogo devint encombrant. Quelquefois, Engamba le trouvait ruminant sur son lit de bambou. Cela l'amusa d'abord, jusqu'au jour où sa femme, en le repoussant, lui dit qu'il sentait le bouc. Il respira l'odeur de ses aisselles pendant qu'Ebogo, les yeux luisant dans l'ombre, attendait. Engamba s'était alors levé comme un fou et avait envoyé violemment une pierre du foyer en direction d'Ebogo qui ne demanda pas son reste. Depuis il avait émigré à l'autre bout du village chez les chèvres de Mfomo.

Engamba remonta la cour en appelant Djoltan. Le chien le suivit à une distance respectueuse, comme la femme d'un Chinois. Engamba appelait Ebogo à tue-tête. Une heure s'était passée quand il vit l'animal débouchant d'une cacaoyère, à la poursuite des chèvres. Djoltan, comprenant son devoir, lui barra aussitôt le chemin en aboyant. Engamba lança quelques grains de maïs mais l'animal en rut n'y fit même pas attention. Les chèvres l'attendaient un peu plus loin en bêlant. Engamba avança de quelques pas. Le bouc fonça dans l'espace libre entre Djoltan et son maître. Engamba l'abreuva d'injures. Djoltan aboya. Un chien, puis d'autres lui répondirent. Engamba fut bientôt entouré d'une meute.

— Merci, Djoltan, dit-il en souriant au chien.

Djoltan et ses camarades foncèrent derrière le bouc. Les chèvres, voyant le danger, isolèrent leur mâle en se dispersant de tous côtés. Ebogo fut bientôt cerné, il ne bougea plus. Engamba guettait ses pattes de derrière. Il avançait les bras pendant que le bouc faisait face à une partie de la meute. Le mari d'Amalia fit un pas, puis saisit violemment les pattes de l'animal qui se mit à ruer en bêlant. Engamba tint bon. Il tira l'animal à reculons jusqu'à sa case. Djoltan, lui, et ses camarades lui mordillaient les flancs. Amalia apporta les fibres de rotin. Ebogo fut attaché de main de maître au piquet de la case.

Engamba souffla, puis se passa la paume sur le visage. Il but un gobelet d'eau. Djoltan tirait la langue entre ses jambes. Ebogo avait cessé de secouer la corde. Il ruminait.

Amalia, ployée sous le panier qu'elle portait sur son dos, donnait ses dernières instructions au milieu de la cour à Mengue, sa voisine.

— Tous les soirs, tu ouvriras la porte aux poules, lui criait-elle.

— N'oublie pas de m'acheter de la naphtaline et la queue de bœuf, lui recommanda Mengue.

— Je n'oublierai pas, répondit l'une.

— Je ferai tout comme si c'était toi, répondit l'autre.

— Que faites-vous de Djoltan ? demanda Mengue.

Amalia donna un coup de reins qui fit remonter son panier sur son dos. Elle siffla d'ennui entre ses dents. Elle tourna tant bien que mal son cou bandé par le poids en direction du chien qui se tenait éloigné de son maître faisant ses adieux. Quand il entendit son nom, Djoltan remua ses oreilles et avança vers sa maîtresse.

— Vous ne l'emmenez pas ? enchaîna Mengue.

— Il y a trop de voitures en ville, répondit Amalia, les Blancs ne font pas attention à ces bêtes-là... Ne pourrais-tu pas t'en occuper ?

Mengue appela le chien. Toujours docile, il suivit sa nouvelle maîtresse.

Engamba, une sagaie dans une main, faisait

des adieux sans fin. Il partait, revenait auprès du groupe des villageois rassemblés dans la cour, repartait, puis revenait. Pendant ce temps, Amalia passait devant l'avant-dernière case du village.

— Tu nous raconteras tout à ton retour, lui disait Mbogsi, nous allons vivre en attendant ton retour.

— Moi, je dis qu'il mangera avec le Chef des Blancs, intervint un autre. Sûrement qu'en invitant son beau-frère, il l'invitera aussi.

Un murmure d'envie s'éleva de la foule. Engamba pinça tous les biceps, tout le monde pinça les siens, on le repoussa, il repoussa tout le monde à tour de rôle. Il alla détacher Ebogo.

L'ombre de la forêt envahissait la cour. Les perroquets du soir jacassaient très haut dans le ciel en traversant le village.

Engamba, la sagaie dans une main, la corde du bouc dans l'autre, voulut s'arrêter encore pour dire au revoir, mais Ebogo tira la corde. Engamba avança malgré lui. Le premier pas qu'il fit détendit le pagne qui avait pénétré entre ses fesses, tandis que la fente arrière de sa veste kaki dévoilait la grosse dent de panthère qu'il portait attachée à la taille.

III

Nkolo n'avait pas menti. L'atmosphère avait changé à Doum. Ce 14 juillet, qui égalait en animation et en fièvre les fêtes de circoncision, n'était pas comme ceux des années précédentes. La tension qui régnait au cours des préparatifs avait implanté l'idée de la guerre dans la tête des indigènes. La panique devint générale quand les premiers camions chargés de tirailleurs jaunes de poussière traversèrent le Centre commercial à toute vitesse pour aller stationner devant le bureau du commandant.

— La guerre est revenue ! La guerre est revenue ! se murmuraient avec effroi les indigènes.

Ils se souvenaient des sombres jour où les mêmes camions chargés de tirailleurs avaient remonté le pays pour aller combattre au pays des Blancs. Les moins informés étaient intrigués du fait que les Blancs qui, à cette époque-là, ne marchaient plus, la poitrine gonflée d'importance comme ils en ont l'habitude, n'avaient pas changé d'attitude cette fois. Tout le monde se rassura quand on vit les prisonniers balayer les routes, dresser des arcs de palmes, accrocher des drapeaux.

M. Fouconi, administrateur en chef nouvellement arrivé à Doum, voulait y donner un faste particulier à la fête nationale qui coïncidait avec l'arrivée du gouverneur. Il avait commandé une compagnie de tirailleurs qui s'exerçaient dans les rues pour le défilé. La musique militaire, qu'on n'avait jamais entendue à Doum en temps de paix, électrisait les indigènes. Les milans, les charognards, les vautours, ces hyènes des airs, inquiets de ce Doum bruyant et insolite, avaient pris de l'altitude.

M. Fouconi, en bras de chemise, surveillait lui-même les travaux. Les fêtes du 14 juillet allaient se dérouler devant son bureau. Dans la cour, les prisonniers délimitaient à la chaux les espaces pour l'emplacement des différents groupes. Non loin du mât où flottait le drapeau, on avait dessiné un cercle où devraient se placer ceux qu'on allait décorer. Quand tout fut prêt, M. Fouconi se frotta les mains et jeta son mégot. Un prisonnier le ramassa. M. Fouconi se dirigea vers sa voiture. Par la portière, il jeta un dernier coup d'œil satisfait sur le gribouillage qu'il venait de faire, puis démarra en trombe.

« Pourvu qu'il ne pleuve pas demain ! » se dit-il.

M. Fouconi était de ces Européens auxquels il était difficile, pour les indigènes, de donner un âge. Il passa pour un jeune administrateur jusqu'au jour où son premier boy disparut avec son dentier. Son nez saillait dru au milieu de son visage bouffi que le soleil avait rendu rouge comme un derrière de chimpanzé. Lorsqu'il était à jeun, ses colères étaient terribles, mais elles tombaient brusquement après un verre de whisky. Il vivait avec une femme indigène qu'il cachait dans le magasin aux fournitures, au rez-de-chaussée, quand il recevait ses compatriotes. A la veille de l'arrivée du gouverneur, il l'avait renvoyée au quartier indigène.

Quand M. Fouconi arriva à la résidence, le blanchisseur venait d'apporter son complet blanc. Il l'arracha des mains de son boy. Il le tourna et le retourna, puis le flaira.

— J'ai déjà dit qu'on ne devait pas empeser au manioc cette veste de lin... Bougre d'idiot ! tonna-t-il.

Son regard passa par-dessus la tête du boy, puis à travers la natte ajourée de la porte. Une bouteille de whisky l'attendait sur la table. Sa colère tomba. Il ne fit plus attention à son complet blanc.

Il était en train de revoir le programme qu'il avait établi pour la fête, quand on frappa à la porte.

— Qu'est-ce que c'est ? cria-t-il.

La natte s'écarta. Un indigène, le casque bas, s'inclina.

— C'est le vin d'honneu', mon commandant, dit-il avec un large sourire, le vin d'honneu' seulement...

M. Fouconi l'écarta de son chemin et sortit sur la véranda. En rangs par deux, quinze indigènes, accablés par de volumineuses caisses, titubaient au pied de l'escalier. Le Noir qui avait frappé à la porte désigna avec son casque au bout de la main les trois premiers.

— Sampagne ! dit-il.

Il désigna les trois suivants.

— Sampagne ! répéta-t-il.

Puis le septième :

— Pas tout à fait sampagne, dit-il, mais même chose, fchfchfchfchfchfch... fit-il.

M. Fouconi s'approcha de la caisse et lut : « Vin mousseux ».

— Et les autres ? demanda-t-il en se retournant vers le Noir.

Une fraction de seconde, celui-ci loucha : un œil observait le commandant pendant que l'autre souriait imperceptiblement.

— Whisky, whisky, haleta-t-il en se caressant les côtes, du bon whisky.

Le commandant se passa la langue sur les lèvres. Ses yeux rencontrèrent ceux du Noir. De rouge qu'il était, son visage devint flamboyant.

Sa colère n'éclata pas. Le Noir lui remit un papier, il le parcourut, puis leva la tête en direction du commissionnaire.

— Où est le fût de vin rouge ?

— Déjà au Foyer Africain, répondit le Noir.

— Bien, dit M. Fouconi.

Pendant ce temps, les porteurs tanguaient à droite et à gauche sous le soleil qui leur versait du plomb fondu sur les épaules. Ceux qui avaient une croûte de gale ou une plaie à la jambe s'évertuaient à éloigner la nuée de mouches ondoyant autour d'eux en frappant du pied.

— Portez-y aussi tout ça, dit le commandant. Les porteurs firent demi-tour.

— Hep là ! cria-t-il.

Le Noir qui conduisait les porteurs revint en courant. M. Fouconi appela aussi son boy. Il tendit son bras en direction des porteurs.

— Tu vas prendre une caisse de whisky, dit-il au boy.

Le dernier des porteurs déposa aussitôt la sienne.

— Porte-la jusqu'à la cuisine, lui dit le boy dans leur dialecte.

M. Fouconi revint à son programme pendant que le vin d'honneur, dévalant la colline résidentielle, s'acheminait vers le Foyer Africain.

Le Foyer Africain était une baraque en tôle où le commandant avait l'habitude de tenir ses réunions. On l'avait construit à mi-chemin entre le quartier européen et le quartier indigène. Le commandant l'avait fait peindre entièrement à la chaux pour cacher sa couleur passée. Quelques chaises étaient déjà installées pour les Blancs sur l'estrade, qu'on avait entourée d'une toile rouge. On avait achevé l'ameublement avec les bancs de l'école officielle. Une sentinelle avait été placée pour veiller sur le fût de vin rouge qui était arrivé avant les caisses du vin d'honneur. Un immense drapeau tricolore avait été planté au milieu de la cour. Les indigènes, massés dans la rue, avaient suivi, amusés, les changements qu'on apportait à la baraque qui allait abriter le Chef des Blancs. Le commandant lui-même y était venu à plusieurs reprises pour voir où l'on en était.

— Pourvu qu'il ne pleuve pas demain, avait-il dit en contemplant le Foyer Africain d'un œil pas très satisfait.

« Pourvu que la première tornade de fin de saison sèche ne souffle pas demain », pensaient les indigènes.

Au Centre Commercial, dans la véranda de la boutique de M. Angelopoulos où Ela, le fameux tailleur de Doum, installait tous les matins sa machine à coudre, Meka, tout en mâchant une noix de kola, attendait son dolman. Il était midi et Meka commençait à se demander avec inquiétude si son dolman serait prêt avant le coucher du soleil. Ela voulait lui-même réussir un chef-d'œuvre.

— Les dolmans des Blancs ne sont pas bien faits, disait-il en appuyant sur la pédale. Regarde quand ils les portent, on dirait qu'ils étranglent... Je suis en train de te faire quelque chose de très bien, poursuivait-il, je te fais la coupe zazou...

— Qu'est-ce que c'est que ça ? demanda, Meka, interloqué.

— Eh bien ! regarde les dolmans des Blancs, ça ressemble un peu à une crinière de cynocéphale qui ne cache pas son derrière. Ils ont les fesses dehors. Eh bien ! moi, je vais te faire quelque chose qui te descendra jusqu'aux genoux. C'est ce qu'on appelle la veste zazou. Je reçois des catalogues de Paris, je suis toujours au courant de la mode. Ce qui me fait mal au cœur, c'est de voir un Blanc passer devant moi, sur cette route que tu vois, les fesses dehors... J'ai parfois envie d'aller lui dire : « Monsieur, venez faire allonger votre veste... »

Meka était perplexe.

— Viens encore, lui dit Ela, que je voie la longueur.

Meka s'approcha. Ela déroula un mètre en ruban. Il fit tourner Meka contre le mur et lui ordonna de joindre les talons, de serrer les fesses et de bomber le torse.

— Bien, dit-il en faisant tomber le mètre depuis l'épaule de Meka jusqu'au-dessous de sa rotule.

Il le regarda ensuite par-dessus ses lunettes.

— C'est la longueur qu'il faut...

— Mais ces vestes... « ezazou », dit Meka, intrigué, ce ne sont pas des boubous haoussas ?

Un sourire d'indulgence erra sur les lèvres d'Ela. Il secoua la tête en appuyant sur la pédale. Il regarda Meka par-dessus ses lunettes.

— Il est difficile à vous autres paysans de distinguer ces choses, dit-il avec condescendance. Cela dépasse la tête comme traiter le cacao dépasse la mienne. Les métiers, vois-tu, sont aussi variés que les oiseaux du bon Dieu et aucun homme ne connaît assez bien un métier s'il n'a pas transpiré jusqu'aux couilles pour le connaître et le posséder... Je te fais une veste zazou et bientôt tout le monde te demandera si cette veste ne te viens pas de Paris. Je puis te dire que je serai bientôt submergé. Il faut que je pense à prendre un autre élève-tailleur...

— Tu as donc un aide ? demanda Meka.

— Et comment ! s'exclama Ela en rejetant la tête derrière le dossier de sa chaise. Si le cochon a de la graisse, quelle quantité de graisse peut avoir un éléphant ? J'ai cinq élèves-tailleurs, actuellement ils sont en train de me construire une case.

Meka regardait son tailleur avec étonnement. Il transpirait à grosses gouttes sur sa machine, son tricot déboutonné jusqu'au nombril. C'était un homme tout en poils, mais aucun cheveu ne semblait avoir jamais poussé sur son crâne. Il portait un pantalon à carreaux retenu par des bretelles de caoutchouc rapiécées. Il souriait entre deux mots. C'était un sourire de chèvre que Meka supportait difficilement.

Il demanda à Meka de lever un bras

— C'est pour tes manches, dit-il en s'esclaffant, celles que tu as là sont trop courtes. On dirait que tu portes une veste de catéchiste.

Meka s'exécuta avec lassitude. Ela s'esclaffa encore à retardement.

— Tu verras, quand le Chef des Blancs t'accrochera la médaille là-dessus, reprit-il en montrant du doigt la veste qu'il était en train de coudre, je suis sûr qu'il te demandera à l'oreille de lui donner l'adresse de ton tailleur.

Meka était ailleurs. Le cœur serré, il regardait ce qui restait de la toile blanche qu'il portait enroulée sous le bras au matin. Il se demanda comment on avait pu lui recommander ce tailleur qu'il trouvait grossier, fat et prétentieux.

« Pourvu qu'une veste sorte de ce chaos ! se disait-il, puis je lui dirai franchement ce que je pense de lui. »

Ela bavardait, sifflait, soufflait, buvait, mangeait sur sa machine. Les pelures d'arachides qu'il grignotait tombaient sur la toile.

— Tu sais que je ne laverai pas cette veste avant de la porter, lui dit Meka.

Ela sourit.

— L'arachide ne salit pas. Ah ! si tout ce que l'on mange était comme cela...

Meka hocha la tête, résigné. Quand les premières boutiques commencèrent à baisser leurs stores, Ela tira la veste de la machine et coupa le fil avec les dents.

— C'est fini, dit-en en s'étirant.

Il lança la veste sur les genoux de Meka qui commençait à somnoler.

— Faisons l'essayage, dit le tailleur, il faut que je rentre bientôt ma machine, M. Angelopoulos va fermer sa boutique sans tarder.

Meka voulut enlever la veste qu'il portait.

— Tu peux la garder, lui dit le tailleur, tu sais, avec les vestes zazou...

Meka crut d'abord qu'on lui avait confectionné une demi-soutane. Il était bon chrétien, mais cette demi-soutane, il serait le premier à en porter.

— Zazou, zazou ! haletait le tailleur en tournant autour de lui.

Il posa un genou en terre et tira les deux

pans arrière de la veste fendue. Il s'éloigna de quelques pas, dit à Meka d'avancer. Il lui fit faire demi-tour et vint empoigner ses épaules.

— Remue-les, lui ordonna-t-il.

Meka s'exécuta encore.

— Là, dit Ela, en coupant un bout de fil de ses dents sur la manche. Pour les boutons, je vais te donner une bobine de fil et une aiguille. Ce n'est pas difficile. C'est un travail de femme. La mienne est malade, ajouta-t-il avec un tremblement dans la voix.

— De quoi souffre-t-elle ? lui demanda aussitôt Meka, attendri.

— Une maladie de femme, dit le tailleur avec un petit sourire vainqueur sur les lèvres. Elle a mal partout et un peu plus au bas-ventre. Que me conseilles-tu pour cela ?

— Bien ! c'est facile, ça, répondit Meka qui ne vit même pas qu'Ela rassemblait ses outils. Tu n'as qu'à lui dire de se purger au savon. C'est le Père Handermayé qui m'a conseillé cela, ajouta-t-il en happant le V du début et le R de la fin du nom du prêtre.

— Tiens ! dit Ela qui avait maintenant recouvert sa machine d'une housse, avec quelle marque de savon ?

— Je ne sais pas, dit Meka, embarrassé.

Il se mordilla les lèvres.

— Ne serait-ce pas du savon de Marseille par hasard ? demanda Ela en s'esclaffant.

— Oui, oui, s'anima Meka, c'est ça même...

— Merci, dit le tailleur en avançant dans la rue. Tu peux enlever ta veste zazou.

Il lui tendit la main. Meka enleva sa nouvelle veste, la plia en quatre, puis, fouillant dans l'une des poches de celle qu'il portait, il en sortit cinq billets de cent francs qu'il tendit à Ela.

— J'espère que c'est le compte, dit Meka d'une voix neurtre.

— C'est un prix d'ami, répondit le tailleur en glissant les billets dans la poche de son pantalon à carreaux.

— J'ai dit pour les boutons...

— Je sais, coupa Meka, je sais...

Ela s'en alla en riant.

« Encore un pauvre diable qui se croit très malin ! » pensa Meka en hochant la tête.

Il accéléra le pas.

IV

Engamba avançait au rythme du trot lourd du bouc qu'il tenait en laisse. Jamais il n'avait marché aussi vite. Bien qu'il fît frais, il transpirait. Quand l'animal essayait de galoper, Engamba enroulait la corde autour de son poignet, s'arrêtait brusquement, puis commençait une marche à reculons. Le bouc gigotait dans tous les sens. Engamba, dont les vieilles jambes ne tenaient plus, se retrouvait parfois à plat ventre à côté de la piste. Il abandonnait sa sagaie tandis que ses mains s'agrippaient avec force à la corde. Le bouc étouffait. La respiration coupée, il ne bougeait plus. Engamba se relevait alors, desserrait le lien autour du cou de l'animal, lui chatouillait le flanc du manche de sa sagaie. L'animal repartait au pas.

Ils marchèrent ainsi jusqu'à la tombée de

la nuit à travers la brousse. Amalia avait conservé son avance. Son panier était le point de mire d'Engamba. Elle marchait comme si elle avait eu des ailes. Son panier niché dans l'angle que formait son dos avec sa croupe arrondie, elle fonçait devant elle, sans effort, les mains derrière la tête, baissée comme un âne docile.

— Ne va pas trop vite ! lui criait Engamba en s'essoufflant, ne va pas trop vite, tu sais que je n'ai pas de bonnes jambes...

Amalia s'arrêtait un instant, donnait le coup de reins qui calait bien le panier sur son dos. Elle tirait sur la fibre de rotin qui servait d'anse au panier et qui, sous le poids des provisions, labourait son front bombé ruisselant de sueur.

Elle regarda derrière elle. Quand son mari fut à portée de sa voix, elle se passa le revers de la main sur le visage et d'un mouvement sec en essuya la sueur.

— Trotte un peu plus vite, lui cria-t-elle, je me demande si nous arriverons à Doum demain.

Elle reprit sa démarche de bête habituée aux bâts. Elle en avait porté de lourds paniers ! Paniers de bois, à chaque retour des champs, paniers de sable pour la case, pour la route, paniers de pierres pour la maison du prêtre pour avoir accès à la confesse, paniers à provisions pour les voyages... Tous ces paniers avaient creusé sur son dos cet angle aigu qui ressemblait à une entaille de végétal frappé à mort par un coup de hache. La peau à cet endroit était devenue aussi épaisse que celle d'un éléphant.

— Est-ce bien mon sang ? sanglotait sa mère quand Amalia, encore plate comme une pâte collée au mur, faisait la moue pour ne pas porter le panier à provisions qu'on avait spécialement fabriqué pour elle.

— Qui osera épouser une fille aussi faible ? reprenait-elle, qui osera demander en mariage une fille qui ne peut même pas porter un panier ?

Amalia aimait beaucoup sa mère. Quand elle pleurait, Amalia pleurait avec elle, puis lui demandait le motif.

— Tout le village se moque de nous, disait alors sa mère, tout le monde dit que tu n'es pas une femme... Tu ne peux même pas porter un panier... Que mangera ton mari ?

Amalia, comme piquée de la tarentule, prenait le gros panier de sa mère et courait dans les champs. Elle le remplissait de provisions pour deux jours, s'asseyait pour passer les trois anses sur sa tête et ses épaules. Elle ramenait ensuite ses jambes sous son ventre, serrait les dents, puis, lentement, titubant, parvenait à se lever. Elle prenait la piste qui lui permettait d'arriver chez elle en traversant tout le village. Elle chantait même à tue-tête. On sortait des cases pour la voir.

— Une fille qui saura nourrir son mari ! disait-on. Ce veinard-là ne mourra pas de faim ! Atema — la mère d'Amalia — a donné une fille parmi les filles...

A ces mots, Amalia oubliait les anses qui meurtrissaient sa chair et sa jeune colonne vertébrale qui s'incurvait douloureusement. A moitié assommée, elle tombait aux pieds de sa mère qui s'empressait de fermer la porte pour qu'on ne vît pas la fin malheureuse de cet exploit.

Plus tard, quand Amalia se releva de sa maladie, elle eut dix demandes en mariage. Parmi les candidats, il y avait le riche Engamba de Zourian. Amalia préféra le polygame aux jeunes célibataires.

« Chez lui au moins, pensait-elle, le métier de femme sera partagé... »

C'est ainsi qu'Amalia épousa Engamba.

Leur piste sortit de la forêt. Il faisait déjà nuit.

— Nous arrivons à Nkongo avant le repas du soir, cria Engamba à sa femme. On va se reposer un peu, hein ?

Nkongo était le premier hameau qu'on traversait sur la piste Zourian-Doum. Il y avait une dizaine de cases délabrées, bâties autour d'un hangar de paille, la case à palabres.

Quand Amalia et son mari y arrivèrent, ils devinèrent des formes noires groupées autour d'un grand feu. Quelqu'un leva les yeux au-dessus de la flamme vers la cour.

— Passants ! venez partager notre modeste repas, cria-t-il. On ne voyage pas la nuit. La nuit a beaucoup de mystères...

Amalia précéda son mari dans la case à palabres.

— Que la nuit vous soit bonne ! dit-elle en entrant. Je suis Amalia Etua, la femme d'...

— C'est la femme d'Engamba ! dit celui qui l'avait reconnue.

— C'est toi, Binama ! dit-elle en lui tendant la main.

— C'est moi-même, dit l'homme en renouant la petite serviette-éponge qu'il avait enroulée autour des reins. Où est ton mari ?

— J'arrive ! cria Engamba qui attachait son bouc à un piquet dans la cour.

Amalia se débarrassa de son panier. Son mari entra.

— Je vous salue, les amis ! dit-il.

— Nous acceptons de tout cœur, répondirent des voix sortant de l'ombre où l'on devinait des formes que la lumière du feu n'arrivait pas à éclairer.

Binama s'avança et lui serra la main.

— Donne ta place à l'homme mûr, dit-il à un enfant entièrement nu, portant un crucifix au cou et qui léchait une marmite.

— C'est De Gaulle, mon deuxième fils, dit l'homme à la serviette-éponge. Tu te souviens, j'avais épousé sa mère après la guerre...

— Ah ! dit Engamba, les enfants de nos jours poussent comme le maïs... Viens me saluer, De Gaulle !

Le bambin, intimidé par l'étranger, s'était enfoncé dans l'ombre avec sa marmite. Quand Engamba lui tendit la main, il s'y enfonça un peu plus.

— De Gaulle, viens saluer ! tonna son père. Aurais-je fait un fou ?

A ces mots, De Gaulle, un doigt dans le nez, avança vers Engamba. On ne pouvait savoir quel était exactement son teint. Toute la poussière ocre de la cour, mêlée aux cendres du sur son petit ventre ballonné avaient formé un foyer et à l'huile de palme qui avait dégouliné sur son petit ventre ballonné avaient formé un enduit polychrome rayé de traces de gouttes d'eau. Son nombril, ferme et volumineux comme un sein de jeune fille, s'inclinait vers son petit prépuce noirci par le fond de marmite qu'il avait tenu entre ses jambes.

Engamba ouvrit ses bras et ses cuisses. L'enfant s'y engouffra.

— Déjà un gaillard ! dit son père.

Engamba éloigna l'enfant pour mieux le regarder.

— Ça, c'est la vérité, dit-il en couvrant De Gaulle du regard attendri de ceux qui ont désespérément désiré des enfants.

— Maintenant, va saluer ta « maman » là-bas, lui dit Engamba.

— Viens, petit père, lui dit Amalia.

L'enfant se dirigea vers elle.

Le fils de Binama était né à l'époque où le

nom du célèbre général était en vogue. C'était au lendemain de la Deuxième Guerre mondiale. Tout était De Gaulle comme tout était maintenant zazou. Le portrait du général était dans toutes les cases. Il y avait des De Gaulle filles, des De Gaulle garçons. Celui qui salissait les cuisses d'Amalia avait cinq ans.

— Aaaaaaaaaaagathaaaaaa !...

C'est ainsi que Binama, comme un muezzin, appela sa femme depuis la case à palabres.

— Ouououououououoiiiii !... répondit-elle. Qu'y a-t-il ?

— Engamba et sa femme sont ici ! vociféra-t-il. Apporte-leur quelque chose à manger et viens les saluer en même temps.

— Vous êtes arrivés à la fin du repas, dit-il à Engamba en baissant le ton.

Pendant ce temps, Engamba faisait connaissance avec les quelque cinq corps décharnés qui, une main couvrant la partie du bas-ventre que ne cachait pas le carré de toile crasseux, lui tendaient l'autre. Il les serra à tour de rôle.

— Alors cette médaille ? dit Binama, c'est après-demain, n'est-ce pas ?

— C'est ce que j'ai cru entendre, répondit Engamba. C'est après-demain...

Il fit claquer ses doigts.

— Meka est de ces gens bien nés qui auront eu le bonheur sur la terre et au ciel, dit Binama.

— Eh oui ! soupira Engamba, on peut dire qu'il est le chameau qui passera par le trou de l'aiguille...

— Je l'avais connu quand je suis allé crever de misère à la Mission, reprit Binama. Un brave type, quoi ! il m'invitait toujours chez lui parce que sa femme, je crois que c'est ta sœur ? dit-il en s'adressant à Engamba qui inclina la tête en signe d'assentiment, parce que sa femme donc était née près de mon village...

— C'est bien de lui, ça, fit Amalia, c'est un cœur immense...

— Immense en effet, dit Engamba.

— Immense, répéta Binama.

C'est à ce moment qu'Agatha entra, un plat fumant sur la tête. Tout ce qui restait de sa robe, qui avait dû être rayée, était une encolure dentelée rattachée à la jupe par une fermeture éclair rouillée. Ses seins drus avaient percé la vieille toile qui s'en était allée tout autour jusqu'à la ceinture. Les paniers avaient usé le reste. Une petite torsade de poils, émergeant de sa jupe rapiécée, poussait sur son ventre convexe au-delà du nombril.

Avant de le saluer, Agatha posa le plat entre les jambes d'Engamba. Elle renifla, se frotta le nez du revers de sa main, puis lui tendit ses poignets. Engamba, les yeux rivés sur sa poitrine, les saisit fébrilement.

— Ce n'est pas la peine que je te le présente, dit son mari.

— Je le connais, murmura Agatha en détournant les yeux.

— Tu n'as pas salué Amalia près de la porte, dit Binama en riant.

— Je suis là avec mon petit mari, dit une voix dans l'ombre.

Agatha se retourna et alla vers Amalia. Les deux femmes s'embrassèrent.

— Est-ce que vous passez la nuit ? demanda Agatha en s'asseyant à côté d'elle.

— Ce n'est qu'une étape, répondit Amalia. Peut-être au retour...

— J'y ai pensé, dit Engamba, la bouche pleine.

Puis on se tut tant qu'il mangea. Quand il eut roté comme d'habitude et qu'Amalia lui eut apporté un gobelet d'eau, il chercha un bout de bambou sur le sol pour dégager le manioc entre ses dents.

— Il y a à manger pour Amalia à la case, dit Agatha.

Elle ramassa les plats et prit De Gaulle par la main. Amalia la suivit chez elle.

— Un ventre à enfants que tu as épousé là ! dit Engamba en se frottant les mains.

Binama sourit.

— Si Dieu l'avait voulu, nous en aurions déjà six ! Agatha a fait deux fausses couches et c'étaient des jumeaux à chaque fois...

— Et quels beaux jumeaux ! s'exclama quelqu'un.

— Vous en aurez sûrement d'autres, dit Engamba avec chaleur. Agatha est une femme qui est capable d'égaler le nombre d'enfants que donnaient nos mères. Il n'y a qu'à regarder son ventre...

Tout le monde en silence écoutait Engamba avec gravité. Quand il n'eut plus rien à dire, Binama lui demanda quelle était cette médaille qu'allait recevoir son beau-frère des mains du Chef des Blancs. Engamba fit un geste vague.

— Je n'en sais rien moi-même, dit-il. Quelqu'un m'a raconté qu'il avait entendu raconter à Doum que cette médaille était celle de l'amitié, de l'amour et du respect que les Blancs voulaient témoigner à Meka... Quelque chose comme ça...

— En vérité on ne peut pas dire que Meka l'aura volée, dit Binama. J'ai rarement vu de nos jours un homme avec un cœur comme le sien et ça, les Blancs l'ont vu comme moi...

Un silence succéda à ces paroles.

— Il faut que je pense à repartir, dit Engamba en prenant sa sagaie. Si mon voyage n'avait pas de but, j'aurais réchauffé mon dos toute la nuit avec vous à ce bon feu...

— Je t'aurais fait goûter l'un de ces vins de palme ! ajouta Binama en clignant de l'œil.

— Ne m'en parle pas, dit Engamba avec un sanglot comique dans la voix.

Tout le monde se mit à rire. Engamba se leva et secoua le fond de son pagne.

— Aaaaaaagathaaaaaaa !

— Ouiuiuiuiuiuiiiii !...

— Dis à Amalia que son mari l'attend pour le départ.

Quelques instants plus tard, Amalia, suivie d'Agatha portant De Gaulle sur son dos, entra. De Gaulle descendit à terre. Sa mère en un tour de main souleva le panier d'Amalia et le glissa sur son dos.

— Nous vous accompagnons jusqu'à la rivière, dit-elle en riant.

Son mari alla détacher Ebogo. Engamba, ayant maintenant les bras libres, les suspendit à sa sagaie qu'il avait posée horizontalement sur ses épaules. Binama, un tison dans une main, l'autre tirant Ebogo, ouvrit la marche.

— Doum n'est plus tout à fait loin d'ici, dit-il. Vous y arriverez sûrement demain dans la matinée.

— C'est ce que nous espérons, dit Engamba, à moins que mon rhumatisme ne m'oblige à n'y arriver que demain soir...

La petite troupe marchait en file indienne sur la piste. Binama était en tête, suivi d'Ebogo, d'Engamba et des deux femmes. Il agitait son tison, un morceau de bois calciné, pour l'activer avec l'air qu'il déplaçait.

De la cour parvenaient les cris de De Gaulle abandonné.

— Cet enfant croit qu'il tète encore ! fulminait son père. Pleurer encore comme ça à cinq ans ! Il y a des moments où je me demande si je n'ai pas fait un fou...

— Ne parle pas de mon enfant, intervint

Agatha, ne parle pas de mon enfant. Où vois-tu l'homme que tu traites de fou, hein ?

— De Gaulle, j'arrive, cria-t-elle, j'aaaarii-riiiiive...

L'enfant se calma.

— L'enfant est un fruit inconnu, dit Engamba qui commença encore à parler pour ne rien dire, la terre ne vaut pas grand-chose...

Binama ne sut comment lier la conversation.

— Crois-tu que nous verrons un jour une route passer par ici ? poursuivit Engamba. Comment cette piste peut-elle conduire au pays des hommes ?

— Quand j'étais manœuvre à la Mission catholique de Doum, où je travaillais pour gagner le merci du prêtre, la communion ou la grâce et l'indulgence du bon Dieu, j'avais entendu dire qu'on projetait, au bureau du commandant, de construire une nouvelle route, répondit Binama. Elle partirait de Doum, traverserait la forêt des chimpanzés, contournerait la colline des fantômes puis passerait par Zourian...

— Si au moins cela était vrai ! soupira Engamba.

—- Tu devrais en parler à Meka pour qu'il en parle à son tour au Chef des Blancs quand il lui donnera la médaille, dit Binama en se retournant vers son interlocuteur dont il ne vit que l'émail des yeux dans les ténèbres.

Un « hm, hm, hm » lui répondit.

Ils arrivèrent à la rivière. Binama se mit à souffler sur le tison qui s'éteignait puis, avec énervement, l'agita dans tous les sens.

— Heureusement qu'il y a un gué, dit-il, tu penses, s'il fallait traverser cette rivière sur une planche dans ces ténèbres !

Engamba prit la corde qu'on lui tendait. Amalia reprit son panier. Elle traversa la rivière la première et attendit son mari sur l'autre rive. Bien que l'eau ne lui arrivât qu'à la cheville, Engamba remonta son pagne qui cachait à peine ses genoux.

— Cette eau fait du bien à mes rhumatismes, dit-il tandis que ses pieds éclaboussaient la rivière.

Les deux couples, un sur chaque berge, commencèrent leurs adieux interminables par-dessus la rivière. Engamba avait pris le tison de Binama.

— Faites un bon voyage ! leur dit ce dernier. Surtout n'oublie pas cette question de la route dont je t'ai parlé !

— Je peux tout oublier sauf ça ! lui répondit Engamba. Sauf ça, dit-il encore pour lui-même.

— Amalia, garde-moi les provisions de la ville ! chantonna Agatha par-dessus les eaux.

— Cela va sans dire, lui répondit-elle.

— N'allez pas trop vite ! dit Binama, le chemin est impraticable la nuit.

— Nous ferons ce que nous pourrons, répondit Engamba.

— Bon voyage, les amis ! dirent les uns.

— Bon voyage de retour ! disent les autres.

— Nous nous reverrons si le bon Dieu le permet ! dit Amalia.

— Il le permettra, répondit le couple ami, il le permettra !

— Embrassez De Gaulle de ma part !

— Nous n'y manquerons pas...

Le bout rougeoyant du tison d'Engamba s'éloigna dans la nuit. Quand le mari d'Amalia se fatigua de battre la mesure avec son bout de bois qui s'éteignait, il le lança dans la forêt. Il s'aperçut alors que la nuit, sur son chemin, n'était ni plus ni moins noire qu'avant. Il poussa Ebogo devant lui, puis se laissa tirer par le bouc. L'animal, le mufle au ras du sol, avançait sans difficulté. Amalia le sentait sur ses talons tandis que ses pieds suivaient mécaniquement la piste.

Ils trouvèrent tout le monde endormi dans les autres villages qu'ils traversèrent. Ils voyagèrent longtemps, éclairés par un feu de brousse qui brûlait de chaque côté de leur piste. Aux premiers chants du coq, il ne leur restait plus qu'un village à traverser pour atteindre la grand-route qui les mettait à une heure de marche de la ville.

— Qu'est-ce qu'on a trotté vite ! dit Engamba, tout fier de se trouver déjà dans la forêt de Biton à l'aube. Je connais quelqu'un au dernier village, nous nous étions rencontrés, je crois, il y a trois saisons sèches, chez Meka, tu te souviens, quand je suis allé t'acheter une machette à Doum...

Amalia poussa un « hm » d'assentiment.

— On pourra prendre le petit déjeuner chez lui.

— Nous verrons, dit Amalia. Je crois que nous y serons après la sortie de la prière du matin. Nous pouvons être à Doum avant midi, si tu veux...

— Nous verrons, nous verrons, dit Engamba à son tour.

Il fit un signe de croix et commença la prière du matin. Amalia, bien qu'elle ne le vît pas, en fit autant.

Ils ne s'adressèrent plus la parole.

Engamba poussa un soupir quand la piste déboucha sur la grande route carrossable qui conduisait à Doum. Le soleil, sans être au zénith, était bien loin de l'horizon. Jamais Engamba n'avait eu si chaud. Il regarda au-dessus de sa tête comme s'il était en quête d'une ombre bienfaisante. Il posa sur son crâne le bras qui tenait la sagaie.

Amalia était en nage. A force de donner des

coups de reins pour remonter son panier, sa robe avait remonté jusqu'à ses cuisses moites qui luisaient au soleil comme si on les eût ointes d'huile. La sueur qui ruisselait sur son front tombait sur sa lèvre supérieure qui coulait jusqu'aux commissures de sa bouche. Amalia soufflait alors comme un chat en bataille.

Le couple avançait lentement tout en cherchant un petit espace libre pour les pieds entre les gros cailloux de la chaussée. Il leur fallait traverser tout le quartier européen, puis descendre la colline limitrophe au pied de laquelle s'étendait le quartier indigène, traverser celui-ci, prendre des raccourcis, descendre le cimetière de la Mission catholique, pour arriver chez Meka.

Une voiture corna. Ebogo, complètement affolé, fit un saut prodigieux qui emporta Engamba dans les airs avant de l'assommer au-delà des citronnelles bordant la chaussée. L'animal étouffé avait les yeux révulsés et gisait non loin d'Engamba. Celui-ci, oubliant ses écorchures, se releva aussitôt pour desserrer la corde qui étranglait le bouc.

Amalia, elle, n'avait pas perdu son calme. Elle ne s'était même pas retournée. Elle avait appuyé à sa droite comme elle le faisait chaque fois qu'elle allait à la ville. Le camion, chargé de Noirs, les laissa dans un nuage de poussière. Engamba chatouilla les flancs d'Ebogo qui se leva en bêlant.

— Marche un peu plus vite, dit Amalia.

Engamba jura.

V

Quand Meka, sa nouvelle veste sous le bras, apparut devant sa case, il se demanda intérieurement comment il ferait pour trouver des lits à cette foule d'amis et de parents qui étaient venus pour sa médaille.

Une rumeur enthousiaste monta de l'assistance, lorsque Meka, ayant soulevé son casque dans la case enfumée, dit :

— Bonsoir, tout le monde !

— Engamba et Amalia sont là, lui dit Kelara.

— Tiens ! dit-il en les embrassant à tour de rôle.

Il donna une claque sur le dos d'Engamba, qui le souleva et le fit tituber.

— Tu n'as plus ta force ! lui dit Meka, tes femmes t'ont vanné ! Pauvre Amalia ! ajouta-t-il en se retournant vers cette dernière.

— Je reste encore vert ! dit Engamba en

s'esclaffant. D'ailleurs je compte restaurer mon ancien village de femmes !

Il reposa Meka à terre. Ils se mirent encore à rire.

— Il y a aussi Essomba et sa femme, reprit Kelara.

— Où est ce petit-fils de pygmées ? demanda Meka en riant, souffle la flamme que je le voie !

— Je ne me cache jamais, dit une voix enrouée. Si je me cachais, qui verrait-on ?

Ils tombèrent dans les bras l'un de l'autre.

— Où est ma femme ? blagua Meka.

La femme d'Essomba s'avança puis se jeta dans ses bras. Meka se retourna vers Essomba.

— Je me suis toujours demandé comment un gorille comme toi avait pu épouser une aussi jolie femme !

— Ça ne lui dit rien, dit la frêle jeune femme sans modestie. Il ne m'apprécie pas...

— Ça, c'est un homme, dit Essomba en se frappant brutalement le poing sur la poitrine.

Tout le monde se mit à rire. Essomba était le neveu de l'arrière-grand-oncle de Meka. Il n'avait ni sa finesse ni cette stature élancée et distinguée qui était caractéristique de la grande famille de Meka. C'était un individu trapu, au regard fuyant abrité d'une incroyable broussaille de sourcils. On l'avait surnommé le pygmée de la famille et on ne savait quelle vanité il tirait de cela.

Sans être belle, sa femme était souple et jeune, et pouvait satisfaire un homme.

Les Essomba comme les Engamba étaient venus quand ils apprirent que Meka allait recevoir une médaille. Interminablement, Meka serra les mains qu'on lui tendait dans l'obscurité. Il y avait tous ses cousins et cousines. Il y en avait qu'il n'avait pas vus depuis dix ans. Ils étaient là avec leurs enfants. Tous ceux qui se rattachaient à Kelara de près ou de loin étaient aussi présents. Il y avait par exemple une vieille femme dont Kelara avait oublié le nom et dont elle ne se souvint même pas quand elle le lui rappela, en racontant qu'elle avait soigné un jour la mère de Kelara, morte bien avant la Première Guerre mondiale.

Il y avait aussi la bande habituelle. Nua avec sa bouche mobile, Nti avec ses pieds enflés, Mvondô et ses rides et le pauvre Evina dont la saleté retournait le cœur. Les cousins de Meka et de sa femme et de leurs beaux-frères, qui étaient déjà là avant les événements, avaient encore ajourné leur départ. Il y avait aussi tous les villageois venus honorer leur compatriote.

Devant cette invasion, Kelara avait coupé des feuilles de bananier. Elle avait donné des coups de balai devant et derrière sa case sur la partie de la véranda qui se trouvait sous l'auvent de raphia. Elle attendait la fin du repas du soir pour y étaler les feuilles de bananier en guise de lits.

« Pourvu qu'il ne pleuve pas ! » avait-elle pensé.

— Qu'on allume la lampe, ordonna Meka qui s'était assis à sa place habituelle sur le premier lit de bambou où il dormait avec sa femme.

Kelara s'approcha, s'accroupit devant le foyer de quatre pierres à côté de son lit de bambou conjugal et alluma une brindille qu'elle glissa à travers la brèche du verre cassé de la vieille lampe-tempête. La mèche flamba. Kelara la remonta. Un halo de lumière éclaira la moitié de l'assistance. Kelara posa la lampe entre les jambes de son mari.

L'ombre de Meka, assis les avant-bras posés sur les genoux, se projeta sur la toiture de raphia noire de suie. Il ressemblait à un quadrumane assis sur son train de derrière.

— As-tu bien voyagé ? demanda-t-il à Engamba allongé sur le lit d'en face.

— Tu parles ! dit Engamba en se retournant et en calant le dessous de son menton sur la traverse de bambou qui lui servait d'oreiller. Non seulement j'avais des embêtements avec mes pauvres pieds mais il y avait aussi ce bouc de malheur que j'ai traîné jusqu'ici pour toi...

Meka lui sourit.

— Merci beaucoup, lui dit-il, mais je me demande même si je dois te remercier, on ne remercie pas soi-même...

— Quand êtes-vous partis de Zourian ? demanda Kelara.

— Hier soir, répondit Amalia, on a voyagé toute la nuit...

— Quoi de neuf-là-bas ? demanda Meka.

— Que peut-il se passer en brousse ? répondit Engamba. Toutes les nouveautés sont ici... Alors... Qu'y a-t-il ?

— Même ici, dit Meka (il frappa des mains pour demander le silence), même ici, nous n'avons rien d'intéressant d'habitude. A part cette histoire de médaille et la venue du Chef des Blancs dont tu as certainement entendu parler.

— Raconte-moi ça toi-même, dit Engamba en se soulevant sur le coude. Tu sais que je n'ai appris la nouvelle que par des bouches qui ne sont pas très sûres.

Meka refit donc le récit qu'il faisait à tout le monde depuis qu'il avait été convoqué au bureau du commandant. L'assistance l'écouta encore religieusement. Quelques « sirènes » jaillirent de la foule.

— Vous n'allez pas recommencer ! tonna

Meka en frappant du pied. Gardez votre souffle pour demain !

Des têtes se balancèrent pour l'approuver.

— Est-il déjà ici, le Chef des Blancs ? demanda Engamba. Je pose cette question parce qu'en arrivant dans la ville, j'ai vu des drapeaux partout.

— Il paraît qu'il arrive toujours au dernier moment partout où on l'attend, intervint Essomba. C'est un ami qui travaille du côté de la mer qui me l'a raconté...

— Peut-être bien, dit Meka.

— Quoi de neuf à Zourian ? redemanda Kelara. Mbogsi s'est-il marié ?

— Celui-là alors ! dit Amalia en souriant, pensez-vous qu'il se mariera encore ? La vieille Anaba n'a pas voulu de lui...

— Moi, j'espère qu'elle fera une demande pour être bonne sœur, surenchérit Engamba. Pour une femme de son âge, c'est tout juste ce à quoi elle est bonne !

— Il paraît qu'elle attend un homme de la ville, dit sournoisement Amalia.

Tout le monde se mit à rire. Kelara surveillait une énorme marmite au coin du feu, assise à côté de son mari.

— Ces bananes doivent être cuites, dit ce dernier, j'ai une de ces faims...

Kelara souleva le couvercle et rejeta la tête en arrière à cause de la vapeur qui s'échappait de la marmite. Elle prit une feuille de bananier et souleva la marmite du foyer. Elle la porta en se frayant un passage, au milieu de la case. La femme d'Essomba apporta un mortier de bois et un pilon. Puis s'installant à même le sol, elle commença à piler les bananes.

— Nous ne pouvions t'apporter que ce rat palmiste que ma femme a cuit à point, dit Essomba pendant qu'il ouvrait un paquet de feuilles de bananiers devant Meka.

Engamba se leva à moitié de son lit pour y jeter un coup d'œil. Essomba se lécha les doigts. Il plia son genou à terre puis prit un morceau de viande entre le pouce et l'index. Le tout disparut dans sa bouche.

— Il ne faudrait pas qu'on dise que je t'ai empoisonné, dit-il la bouche pleine.

— Attendez la boule de banane, dit Kelara.

— Dépêchez-vous, dit Meka en levant les yeux au-dessus de la lampe.

— Approche le paquet d'Engamba, dit-il ensuite à Essomba.

Engamba rampa sur son lit en sorte que ce fut sa poitrine qui se trouva sur le traversin de bambou. Ses longs bras plongèrent dans le paquet.

— Pour apprécier le rat palmiste cuit à la citronnelle, aux aubergines sauvages et aux piments comme celui-ci, il faut le manger sans autre chose... Tu sais, marmonna-t-il, nous avons mangé l'une de ces vipères !

— Et tu n'as pas pensé à moi ? riposta Meka.

Nua, Mvondô et d'autres individus s'étaient spontanément accroupis devant Meka. Quand Kelara apporta la boule de banane, il n'y avait plus rien dans le paquet.

Kelara alla chercher une autre marmite, en terre celle-là, qui se trouvait près d'une vieille cuvette où une poule couvait ses œufs.

— Je me demande si ça suffira pour tout le monde, dit-elle. Les femmes mangeront avec moi. Les hommes iront manger avec mon mari. Les enfants mangeront avec leurs mères.

En une fraction de seconde deux cercles s'étaient formés autour de Meka et de Kelara. C'était plutôt un groupe de deux cercles concentriques chez les hommes. Ceux qui avaient eu la chance d'être au premier rang remplissaient leur main comme ils pouvaient, si bien que, lorsque les derniers avaient trouvé l'espace qui les conduisait au premier rang, il n'y avait plus rien...

Les femmes mangeaient à petits coups. Elles mangèrent encore longtemps après les hommes.

Deux gobelets d'eau passèrent de bouche en bouche dans les deux groupes.

Engamba avait mangé couché à plat ventre. Maintenant que le repas était terminé, il glissa de nouveau au fond de son lit puis posa encore le dessous de son menton sur le traversin de bambou. Il aspirait bruyamment entre ses dents. Sa femme lui tendit une brindille de bambou.

Meka nettoya ses mains sur un bout de bois. Tous ceux qui s'étaient accroupis devant les deux hommes fondirent dans l'obscurité où étaient plongés les recoins de la case. Meka desserra sa ceinture puis s'allongea sur le dos.

Kelara allait et venait dans la case. De temps en temps Mvondô, pour éclairer son chemin, levait la lampe qui brûlait au chevet de Meka. Quand tout fut en ordre, elle revint s'asseoir à côté de son mari. Amalia s'allongea à côté du sien.

Dans la partie de la case qui n'était pas éclairée régnait un tel remue-ménage qu'on aurait pensé qu'un troupeau de moutons y était parqué. De temps en temps, une tête passait dans la zone lumineuse pour se confondre ensuite à nouveau avec l'obscurité.

Dès qu'un enfant criait, sa mère, pour le calmer, lui enfonçait le sein dans la bouche. On n'entendait plus que sa respiration étouffée.

— Je voudrais que chacun sache où il dormira tout à l'heure, dit Kelara en se levant. La case n'a pas beaucoup de lits. Engamba et sa femme dormiront dans le lit qu'ils occupent. Essomba et sa femme dormiront dans le lit de Mvondô qui ira rejoindre Nti...

— Nti ! Tu as entendu ? cria Mvondô. Tâche de ne pas ronfler comme tu en as l'habitude !

— Je n'ai jamais ronflé, répondit Nti en décroissant ses gros pieds, je n'ai jamais ronflé, s'obstinait-il à nier.

— Tu n'es pas au tribunal, coupa Kelara. Ceux qui ont des nattes, continua-t-elle, les étaleront quand j'aurai balayé le sol. Il reste un petit lit en bois...

— J'y suis déjà étendue, répondit la vieille femme qui prétendait avoir soigné la mère de Kelara.

— C'est à toi que je pensais, dit Kelara. Quant à ceux qui n'ont pas de natte, ils pourront dormir sur les feuilles de bananier qu'ils trouveront dans la véranda. Avez-vous compris ?

— Yéééé, répondit l'assistance.

Kelara se recoucha à côté de son mari. Mvondô souleva son pagne et vint s'asseoir, les fesses nues à côté de la lampe. Tous les hommes l'imitèrent. Engamba émit un ronflement.

— Réveille-le, dit Meka à Amalia. Comment peut-il dormir sans que nous ayons causé ?

— Je ne dors pas, je ne dors pas, protesta Engamba d'une voix montrant qu'il tombait de sommeil.

Puis il bâilla.

— Tu as mis un temps fou en ville, dit Kelara à son mari, et tu ne nous as pas montré ta veste...

— Essaye-la, dit Mvondô.

— Vous m'embêtez, grommela Meka, j'ai passé la journée à l'essayer, et puis vous la verrez bien quand je la mettrai demain matin... Au fait, Kelara, dit-il en se levant brusquement, il faut que tu me couses les boutons. J'ai failli l'oublier !

Il déplia la veste qu'il avait posée sur une étagère, mais ne pouvant résister à l'envie de l'essayer, il l'enfila. Sidérée, l'assistance se tut. On n'entendait plus que le crissement de la toile neuve qui se détendait. Essomba partit d'un grand éclat de rire.

— Je n'ai jamais eu ni porté de veste, dit-il sans reprendre haleine. Avec la tienne, je t'assure qu'à ta place, je me passerais d'un pantalon !

— On dirait... je ne sais quoi... dit Mvondô toujours à court d'imagination.

— Quoi ! quoi ! tonna Meka en retroussant les manches pour dégager ses doigts.

— Je n'ai rien dit, répondit Mvondô, je n'ai rien dit du tout...

— Tu n'as jamais eu le courage de dire ce que tu penses ! fulminait Meka. Quand je pense que mon sang circule dans tes veines !

Il se tourna vers Kelara.

— Je n'ai jamais vu de veste pareille, dit-elle, tu nages dedans comme un petit poisson dans la mer...

— N'exagère rien ! tonna son mari. Regarde : ça me va bien ! dit-il en retroussant les manches et en présentant le dos à sa femme.

Elle leva la lampe et se mit à le contempler.

— L'habillement et toi, c'est comme un chien qui entendrait un phonographe, dit-elle.

— Moi, je trouve sa veste bien, intervint Engamba, ça doit être une coupe nouvelle...

— Voilà au moins quelqu'un d'intelligent, dit Meka avec componction.

Il alla lui serrer la main.

— C'est une nouvelle mode, reprit-il, après les vestes De Gaulle, ce sont les vestes zazou et je suis le premier à Doum à en porter... A moins que le Chef des Blancs n'en porte une de même coupe demain...

— C'est très pratique, dit Engamba en lui faisant signe de se rapprocher. Avec cette veste, tu pourras porter tes pantalons qui n'ont plus de fond...

L'assistance approuva dans un murmure.

— Tu es ridicule, éclata Kelara, tu aurais mieux fait de te confectionner une vraie soutane ! Comment oseras-tu te présenter devant le commandant et le Chef des Blancs avec ça ! Je suis sûre que si les Blancs te voyaient demain avec ça, ils ne te donneraient pas leur médaille ! D'ailleurs je ne vais pas te coudre les boutons...

Meka savait que dès que Kelara avait pris une décision, il n'y avait rien à faire... La tête baissée, il retira sa veste zazou et, excédé, la lança sur l'étagère.

— Mes économies ont-elles donc été jetées à la brousse ?

— J'irai avec toi voir ton tailleur, dit Kelara en ramassant la veste pour mieux la plier.

— Je ne sais pas ce que vous reprochez à cette veste, intervint encore Engamba.

— Nous ne sommes pas en brousse ici ! lui lança Kelara.

— Tais-toi ! lui dit Amalia.

Engamba se retourna contre le mur. Un silence pénible avait succédé à l'altercation de Kelara avec son mari. Celui-ci, assis comme à l'habitude, les avant-bras sur les genoux, se demandait ce qu'il porterait le lendemain. De temps en temps, il lançait une œillade courroucée à Kelara qui s'affairait sur l'étagère.

— On peut dire que Kelara et son mari s'aiment comme un couple de Blancs, dit Essomba qui se mit à rire. A leur âge, ils ont encore des querelles d'amoureux !

Meka avait ri sous cape malgré lui. Le rire

gagna l'assistance et alla en crescendo. Meka ne riait plus. Il remua les lèvres mais aucun son n'en sortit. Ses lèvres étaient allongées dans une moue de femme qui veut se montrer plus inaccessible qu'elle ne l'est.

Kelara vint s'accroupir devant son mari et posa à côté de lui le paquet qu'elle avait dans les bras. Un demi-cercle de curieux se forma autour d'eux. Kelara mit sa cuisse à nu puis y posa le pied de son mari. Elle commença à délacer la paire de chaussures de toile kaki qu'il portait.

— On va voir si tu pourras supporter demain ces souliers de cuir que tu as achetés chez Mme Pipiniakis.

Les pieds de Meka n'avaient pas été faits pour pénétrer dans les chaussures des Blancs. Il avait marché pieds nus jusqu'à cet âge où il épousa Kelara, quelque temps avant l'arrivée des Blancs. A force de cogner contre les obstacles ses orteils n'avaient plus d'ongles et un *pian crabe* [1] qu'il avait eu dans sa jeunesse, les avait incurvés vers le ciel. Ce qui compliquait encore tout cela, c'étaient ses petits orteils qui pendaient de chaque côté de ses pieds comme les pattes antérieures d'une tortue. Chaque fois qu'il achetait une paire de souliers en toile, Meka y taillait deux petites fenêtres pour ses petits orteils. On ne tardait pas à les voir émerger dès qu'il se chaussait. Meka n'avait jamais porté de souliers de cuir. Il y était tellement allergique que dès qu'il entendait le bruit d'une semelle de cuir, son bout de nez transpirait quel que soit le temps.

C'est encore Kelara qui avait eu cette idée de souliers de cuir marron. Meka pensa à cette

1. Pian : maladie infectieuse qui se manifeste par une éruption de boutons. Pian crabe : pian qui atteint la plante des pieds.

matinée où il était allé les acheter, la mort dans l'âme, chez Mme Pipiniakis. Il avait demandé la pointure immédiatement au-dessus de la sienne comme le lui avait conseillé Kelara. Malgré l'insistance de la femme blanche, il ne les essaya pas. Il ne voulait pas peiner devant une inconnue. Mais la femme blanche parvint à lui faire acheter une paire de chaussettes, une boîte de cirage, deux paires de lacets de rechange et un chausse-pied dont il ne savait que faire... Il regardait avec une certaine appréhension tous ces objets que Kelara avait posés non loin de lui. Quand elle l'eut déchaussé, elle essaya de lui faire glisser un soulier au pied gauche. Meka repoussa son bras puis pressa ses orteils dans le creux de sa main. Il prit le soulier que lui tendait sa femme. Il serra les dents. Une goutte de sueur tomba entre ses jambes. Il étreignit un peu plus fort ses orteils puis les enfonça dans le soulier. Il se leva pour donner plus de poids à son talon qui s'y enfonça avec un bruit de baiser sonore.

— Tu vois que ça va, dit Kelara en se relevant.

Meka se rassit et allongea son pied chaussé.

— Essaie de marcher, lui dit Kelara.

— Essaie de marcher, marche donc, disait-on de part et d'autre.

Meka empoigna le traversin de raphia qui passait sous ses cuisses. Les incisives rivées sur la lèvre inférieure, il se leva, fit quelques pas. Il était subitement devenu pied bot. Il revint s'asseoir sur le lit.

— Je ne pourrai jamais aller loin avec ces souliers, dit-il en se déchaussant. Je ne pourrai jamais aller loin...

— Tu ne peux pas aller pieds nus ni porter tes savates demain matin, rispota Kelara.

— On peut essayer d'élargir ces souliers, dit

Engamba. Remplissez-les de sable et mouillez un peu le cuir pour qu'il devienne souple... Demain matin, je crois que mon beau-frère pourra les porter.

— Ça, c'est la sagesse d'un homme mûr, approuva quelqu'un.

— Je n'y ai pas pensé, dit Meka qui avait retrouvé son sourire. Je ne pense jamais le premier à ces choses-là, mais quand on m'en parle, c'est comme si je les connaissais déjà...

Kelara envoya Mvondô avec la lampe remplir les souliers de sable. La case plongea dans l'obscurité. Kelara souffla sur les braises du foyer qui s'éteignaient. Une faible flamme en jaillit et éclaira les deux rebords des lits sur lesquels étaient étendus Engamba et Meka.

— Je ne pourrai jamais marcher jusqu'au bureau du commandant avec ces souliers, soliloqua Meka. Je partirais bien d'ici avec mes vieilles savates... Si Kelara veut, elle m'accompagnera jusqu'à la colline et c'est là que je mettrai les souliers de cuir.

— Ça, c'est une idée, dit Engamba.

Mvondô rentra avec les deux souliers pleins de sable. Il les aspergea d'eau et les glissa sous le lit d'Engamba.

— Tu as tes deux autres vestes, dit Kelara. Tu peux mettre celle qui est kaki... D'ailleurs, c'est celle-là que tu mettras.

— Approche la lampe ici ! ordonna Meka qui déchargeait sa colère sur Mvondô. Regardez-moi ce paquet de rides !

Mvondô, pour ne pas éclater de rire, se plaqua la paume sur les lèvres.

— La voici, la lampe, dit-il en posant la lanterne au chevet du lit de Meka.

— Alors, c'est demain matin ? dit Engamba en se retournant vers le lit de Meka.

— C'est demain matin, répondit Meka.

— A quelle heure ?

— Il faut que je sois là-bas avant huit heures, marmonna Meka qui commençait à somnoler.

Kelara se mit à balayer la case, à l'endroit où quelques-uns des visiteurs allaient étendre leurs nattes ou des feuilles de bananier. Quand elle eut fini, une véritable ruée se produisit au milieu de la case.

— Qu'est-ce que c'est que ça ? tonna Meka qui s'était levé d'un bond de son lit. Où êtes-vous, hein ? Que les personnes âgées commencent à étaler leurs nattes. S'il n'y a plus de place, les autres iront dormir dans la véranda.

Des gens sortirent pendant que d'autres poussaient des soupirs en se laissant tomber sur leurs nattes. Meka se recoucha.

— Nous veillerons demain soir, dit-il. Aujourd'hui, je suis très fatigué et comme je dois me lever tôt demain matin, nous ferons mieux de nous dépêcher de dormir.

— Yéééééé, répondirent ceux qui restaient.

— Maintenant prions, dit Meka en s'agenouillant le derrière en l'air comme il en avait l'habitude.

Kelara s'agenouilla à côté de lui. Amalia et son mari s'agenouillèrent à leur tour.

— Agenouillez-vous là-bas ! cria Meka à ceux qui étaient sur les nattes.

Quand tous les derrières furent en l'air, il posa la main sur son front.

— Au nom du Père, commença-t-il.

Couché sur le dos, l'avant-bras gauche posé sur son front, Meka attendait vainement le sommeil. De temps en temps, il regardait à travers les lézardes du mur en terre battue contre lequel il s'était retourné. L'obscurité était totale. De temps à autre, il se donnait une claque sur l'oreille pour y écraser un insaisissable moustique. Tout le monde devait en faire autant. Le bruit sourd des paumes sur les corps mêlé aux ronflements des dormeurs maintint longtemps Meka éveillé, lui qui n'avait pas eu la chance de dormir avant tout le monde.

Kelara dormait, recroquevillée comme une énorme antilope, les genoux enfoncés dans les reins de son mari. Meka, coincé contre le mur, se mit à appeler sa femme. Kelara poussa un gémissement et tourna mécaniquement le dos à son mari. Meka respira, ferma les yeux et attendit le sommeil. Il entendit les premiers chants des perdrix. Il regarda encore à travers les lézardes. Les ténèbres s'éclaircissaient. Il aperçut même le bouc que lui avait apporté son beau-frère.

« Un brave type, ce frère de Kelara », se dit-il. C'était le seul qui avait pensé à lui apporter un bouc. Tous les autres étaient venus avec leurs provisions d'un soir qu'ils étaient bien obligés de partager avec lui. Maintenant qu'est-ce qu'ils allaient manger ? Sûrement qu'ils attendraient le soir pour manger son bouc.

« Ah ça ! se dit-il, ils attendront longtemps ! Ce bouc, nous le mangerons nous quatre. Engamba, Amalia, Kelara et moi. Il faudrait tout de même que je mange à ma faim... »

Il essaya de s'imaginer la cérémonie où on allait le décorer. Quelle pouvait bien être la couleur de cette médaille que le Chef des Blancs allait apporter pour lui ? Il avait vu parfois des médailles sur la poitrine des Blancs, mais de très loin.

« Pourvu qu'elle ne ressemble pas à la médaille-insigne de catéchiste, se dit-il, pourvu qu'elle ne ressemble pas à la médaille d'Ignace Obebé... Celui-là doit crever d'envie ! »

Il sourit. Il pensait à l'histoire du cynocéphale... Il sourit encore puis essaya de se faire une image du Chef des Blancs. Quelle tête

pouvait-il bien avoir et que lui dirait-il ?
Comment Meka allait-il le recevoir ? Puisqu'il
allait être son ami, allait-il se jeter dans les
bras du Blanc ? Fallait-il lui apporter quelque
chose et quoi ? Il pensa aux œufs, on lui avait
dit que les Blancs en raffolaient et que c'était
même pour ça qu'ils étaient venus jusque-là...
Il voulut réveiller Kelara pour lui dire de
préparer un panier d'œufs pour le lendemain
matin. Il se ravisa. On aurait du temps dans la
matinée.

Il s'étira. L'un de ses petits orteils pénétra
entre deux traverses de bambou. Il ressentit
la même douleur que lorsque Kelara l'avait
obligé à essayer ses souliers marron. Son sang
s'en alla de ses veines. Il s'assit et dégagea
son orteil.

— Quel calvaire ! dit-il tout haut, aussitôt
qu'on m'aura décoré, je me déchausserai, continua-t-il à soliloquer. Accrocher une médaille,
cela doit se faire le temps d'un éclair...

Il fit le geste sur sa poitrine.

— ... même pas ! termina-t-il.

Puis il ne pensa plus à rien. Il sentit un
poids, énorme sur ses paupières. Il se sentit
plus léger qu'à ses sorties de chez Mami Titi...

Il s'endormit.

DEUXIEME PARTIE

DEUXIÈME PARTIE

I

Tête nue, les bras collés au corps, Meka se tenait immobile dans le cercle dessiné à la chaux où on l'avait placé pour attendre l'arrivée du Chef des Blancs. Des gardes maintenaient à grand-peine ses congénères massés derrière lui. Des Blancs qui étaient en face, dans l'ombre de la véranda de M. Fouconi, Meka ne reconnut que le Père Vandermayer à sa soutane et à sa barbe noires. Ces Blancs, pour lui, étaient comme des antilopes : ils avaient tous le même visage.

Meka regarda timidement autour de lui comme un animal qui se sait observé. Il se fit violence pour résister à l'envie de passer sa paume sur son visage pour essuyer la sueur qui perlait sur le bout de son nez. Il réalisa qu'il était dans une situation étrange. Ni son grand-père, ni son père, ni aucun membre de son immense famille ne s'étaient trouvés placés, comme lui, dans un cercle de chaux, entre deux mondes, le sien et celui de ceux qu'on avait d'abord appelés les « fantômes » quand ils étaient arrivés au pays. Lui, il ne se trouvait ni avec les siens ni avec les autres. Il se demanda ce qu'il faisait là. Il aurait bien pu attendre que Kelara qui était sûrement dans la foule qui piaillait derrière lui et on l'aurait appelé pour lui donner la médaille quand le Chef des Blancs aurait été là. Mais quelle drôle d'idée avait eu le Chef des Blancs de Doum de le placer dans un cercle de chaux ! Voilà une heure qu'il était là, et peut-être même plus. Le grand Chef des Blancs n'était toujours pas là.

Il faisait chaud. Meka commença à se demander si son cœur ne battait pas dans ses pieds. Il avait chaussé ses souliers au sommet de la colline d'où l'on apercevait le bureau de M. Fouconi. Il ne les avait presque pas sentis quand il était allé se présenter au commandant. Meka marcha en rejoignant sa place sous le drapeau comme s'il avait été le roi de Doum. Il n'avait même pas accordé un coup d'œil aux chefs indigènes qu'il avait reconnus à leurs écussons rouges.

« Encore des gens qui vont crever d'envie ! se dit-il. Je les méprise ! je les méprise ! »

Il avait ensuite joint les talons comme il le voyait faire aux militaires dès qu'un Blanc passait devant eux. Quand le Blanc passait devant lui, il lui souriait puis rejoignait ses congénères tout en montrant Meka du doigt. Celui-ci entendait alors un brouhaha confus parmi les Européens. Mais il restait figé au garde-à-vous. Il se sentait aussi dur qu'un morceau de bois.

Ce fut d'abord son cou raide qui se fatigua. Meka se mit encore à regarder autour de lui.

Maintenant qu'il sentait son cœur battre dans ses pieds, il commença à se demander avec appréhension s'il tiendrait dans son cercle jusqu'à l'arrivée du grand Chef des Blancs. Il regarda ses souliers qui lui parurent plus gonflés qu'au matin quand il les avait vidés du sable de la nuit. Il essaya de bouger un pied, il serra les poings et s'abstint de respirer. Il ressentit un calme immense pendant quelques secondes. Il essaya alors de peser de tout son poids sur son pied droit qui lui faisait moins mal. Son pied gauche lui donna un peu de répit mais il ne savait plus ce qui se passait dans son pied droit. On eût dit que l'aiguille que lui avait donnée Ela traversait son petit orteil, montait jusqu'à la cheville, jusqu'à la cuisse et se plantait dans la colonne vertébrale. Cette aiguille elle-même s'était multipliée en une myriade d'aiguilles qui fourmillaient maintenant dans tout son corps. Meka était en nage.

« Heureusement que je n'ai pas mis de chaussettes ! » se dit-il.

Il essaya de s'imaginer une douleur plus lancinante que celle qu'il éprouvait.

« Enfin quoi ! se dit-il, je suis un homme ! Mes ancêtres m'ont laissé tel quel ! Ils doivent me voir dans cet endroit où je me trouve... N'essayons pas de leur faire honte. J'ai été circoncis au couteau et le sorcier a craché du piment sur ma blessure. Je n'ai pas pleuré... »

Il serra les dents un peu plus fort.

« Je n'avais pas crié, pensait-il. Je n'ai jamais crié de ma vie. Un homme, et un vrai, ne crie jamais... »

Meka en était un, un homme, et un vrai. N'était-il pas le fils du grand Meka qui tint longtemps tête aux premiers Blancs ? Quoi donc ? Allait-il crier maintenant devant eux et devant ses congénères qui avaient connu son père ou en avaient entendu parler ?

Meka, transfiguré, regarda du côté des Blancs. Il allongea un pied, écarta l'autre, intervertit le mouvement puis joignit encore les talons. Il se retourna et sourit à ses congénères comme pour les rassurer. Il croisa les mains derrière son dos et attendit. Il lui sembla qu'il ne sentait plus ses chaussures. Il regarda le drapeau qui flottait au-dessus de sa tête, regarda les Blancs et les militaires puis raidit son cou.

« Même s'il arrivait à la nuit, j'attendrais, se dit-il. Même s'il arrivait demain, dans un an ou à la fin du monde... »

Tout à coup, un pli barra son visage qui prit une expression sinistre. Il lui sembla que son bas-ventre lui pesait. Il sentait venir de loin, de très loin, l'envie de satisfaire un petit besoin.

M. Fouconi se tenait au premier rang des Européens de Doum, entre Gosier d'Oiseau et son adjoint, un jeune homme aux formes arrondies, à l'abondante chevelure noire et au large bassin que les Noirs avaient surnommé « l'à-côté-presque-femme ».

M. Fouconi avança, descendit une marche et alla jusque dans la cour. Son adjoint le rejoignit aussitôt. Ils bavardèrent un instant à quelques pas de Meka. M. Fouconi le regarda puis lui sourit. Meka lui répondit par le plus large sourire qu'il put. Les deux Blancs allèrent ensuite discuter avec le chef des militaires. M. Fouconi, toujours suivi de son adjoint, retourna au groupe des Blancs.

« Si je m'en allais ! pensa Meka dont les pieds étaient embrasés. Si je m'en allais ? »

Il se posa la question à plusieurs reprises, remua les épaules, puis prenant son courage à deux mains, se passa rapidement la paume sur son visage baigné de sueur. Il regarda autour de lui comme s'il cherchait quelqu'un qui témoignerait que son exploit avait été vu. Il zigzagua, fit un autre geste vague, voulut même siffler. Il se fit encore violence et passa sa paume sur ses lèvres. Il se demanda à quoi penser pour oublier son envie qu'il sentait croître et la chaleur du brasier qui consumait ses pieds.

Il aurait tout donné pour se trouver derrière sa case, sous le parasolier où il s'accroupissait tous les matins après la prière. Il ferma les yeux.

« Dieu Tout-Puissant, pria-t-il intérieurement. Toi seul qui vois tout ce qui se passe dans le cœur des hommes, Tu vois que mon plus cher désir en ce moment où j'attends la médaille et le Chef des Blancs, seul dans ce cercle, entre deux mondes — il ouvrit les yeux, regarda devant et derrière lui puis les referma — entre deux mondes, oh ! mon Dieu ! que Tu fis totalement différents, mon cher et grand désir est d'enlever ces souliers et de pisser... oui, de pisser... Je ne suis qu'un pauvre pécheur et je ne mérite pas que Tu m'écoutes... mais je Te prie de m'aider dans cette position sans précédent dans ma vie, au nom de Jésus-Christ Notre-Seigneur. Ainsi soit-il... Je fais le signe de croix intérieurement »

Il ouvrit les yeux et se passa la langue sur les lèvres. Il se sentit soulagé.

Il était la demie de dix heures. M. Fouconi commença à s'énerver. Le Haut-Commissaire était en retard d'une heure. On l'attendait pour le salut au drapeau. M. Fouconi alla au groupe des fonctionnaires indigènes puis à celui des chefs. Il repassa devant Meka.

— Il fait chaud, n'est-ce pas ! lui dit-il.

— Oui, oui, fit Meka.

C'était tout ce qu'il pouvait dire en français. M. Fouconi fut rejoint par Gosier d'Oiseau et l'adjoint. Les Blancs commencèrent à aller et venir devant Meka.

« Ils ont de la chance de ne pas souffrir dans leurs chaussures, se dit-il avec amertume. Ils portent des casques et ils sont jeunes... Et moi, pauvre homme mûr, je suis obligé de laisser mon crâne rôtir au soleil comme un margouillat. »

Les Européens repassèrent devant lui. La blancheur de leur tenue lui faisait mal aux yeux. Il les ferma tandis que ses oreilles souffraient le martyre du crissement des cailloux que broyaient les pas lourds des Blancs.

Meka ne savait ce qui lui faisait le plus mal, des pieds, du bas-ventre, de la chaleur ou des dents. Si on lui avait demandé en ce moment-là comment allait son corps, il n'aurait pas menti, comme il le faisait d'habitude, en répondant que la douleur le tenaillait tout entier. Il regretta de ne pas être passé chez Mami Titi.

« Là au moins, j'aurais pris de quoi ne pas sentir cette douleur », se dit-il.

Il regarda du côté du Centre commercial. Au même moment, le clairon retentit et mit tout le monde en émoi. Meka vit une grosse voiture noire arborant un petit drapeau tricolore rouler à vive allure en direction de la cour où il se trouvait. La voiture vint stationner devant M. Fouconi et son adjoint. Le commandant de Doum ouvrit une des portières. Deux Blancs énormes en descendirent. Meka se demanda lequel des deux pouvait bien être le grand Chef qu'on attendait.

Les deux Blancs, suivis de M. Fouconi et de son adjoint, passèrent et repassèrent devant les militaires, puis M. Fouconi les conduisit à la véranda de son bureau où les attendaient les Blancs de Doum.

Quelques instants plus tard, M. Fouconi leur présenta le groupe des fonctionnaires indigènes puis celui des chefs où ils serrèrent quelques mains. Quand Meka les vit venir vers lui, il crut qu'une lame de couteau tranchait ses boyaux. Il serra les dents et banda ses muscles comme il le faisait en affrontant un danger. M. Fouconi le désigna de la pointe de son menton et se retourna vers ses chefs tout en leur parlant. Meka se demanda s'ils n'avaient pas deviné son envie. Il cilla et ferma les poings. Quand M. Fouconi se tut, les deux Blancs lui tendirent à tour de rôle une main molle qu'il pressa comme du linge mouillé puis ils rejoignirent leurs congénères.

Meka n'en pouvait plus. Il faisait tellement chaud qu'il leva les yeux pour s'assurer que le soleil était encore bien au ciel et non sur son dos.

Qu'attendait-on pour lui donner la médaille ? Comment pouvait-on laisser un homme de son âge debout pendant une heure ? Aurait-on perdu, ou oublié la médaille qu'il attendait ? Cette pensée l'effraya. Que raconterait-il à ses amis, surtout à ceux devant qui il avait pris une certaine importance ? Ah ! ces Blancs ! Rien n'était facile avec eux. S'ils couraient en marchant, ils étaient des tortues quand ils vous avaient promis quelque chose. Voilà qu'ils prenaient bien leur temps, là-bas, de l'autre côté de la cour, en éternisant les présentations et les salutations. Meka hocha la tête et regarda ses pieds. Il réprima un petit haut-le-corps. « J'ai les pieds de Nti ! J'ai les pieds de Paul Nti ! » s'affola-t-il.

Il croisa ses mains sur son bas-ventre. Il en ressentit un grand bien.

Il se dépêcha de joindre les talons quand il vit les deux étrangers blancs, M. Fouconi, son adjoint et M. Pipiniakis venir vers lui. Il colla aussi fort qu'il put ses bras aux cuisses, redressa la tête et ne bougea plus. Il vit M. Pipiniakis se placer à côté de lui. M. Fouconi et les autres se tenaient à quelques pas devant eux.

Le clairon retentit ainsi que les roulements d'un tambour. L'un des gros Blancs s'avança vers M. Pipiniakis.

« C'est lui, le grand Chef », se dit Meka.

Il ne sut avec quoi ni avec qui le comparer. Tout ce qui l'avait frappé c'était le volumineux dessous de son menton qui cachait à moitié son nœud de cravate.

Le grand Chef des Blancs parlait comme à un sourd à M. Pipiniakis qui se tenait immobile comme une statue. Quand il termina, il prit une médaille dans un coffret que lui tendait l'adjoint de M. Fouconi, et l'épingla sur la poitrine de M. Pipiniakis. Meka vit ensuite que le gros Chef des Blancs empoignait les épaules du Grec et appuyait ses joues contre les siennes. Chaque mouvement faisait trembler le dessous de son menton semblable à un vieux sein couleur de latérite.

Ce fut le tour de Meka. Le grand Chef des Blancs se mit à vociférer devant lui. Selon qu'il ouvrait ou fermait les lèvres, sa mâchoire inférieure s'abaissait et se relevait, gonflant et dégonflant le dessous de son menton. Il prit une autre médaille dans le coffret et s'avança vers Meka en parlant. Meka eut le temps de constater qu'elle ne ressemblait pas à celle du Grec.

Le Chef des Blancs lui arrivait à l'épaule. Meka baissa les yeux sur lui au moment où il lui épinglait la médaille sur la poitrine. Meka sentait son souffle chaud à travers sa veste kaki. Le Chef des Blancs transpirait comme un lutteur. On eût dit que la pluie était tombée sur son dos. Une grande plaque humide s'étendait de ses épaules jusqu'à ses fesses.

Meka se demanda avec angoisse s'il allait lui coller son jabot humide sur chaque épaule comme il l'avait fait à M. Pipiniakis. Il respira quand le Chef des Blancs, après avoir accroché la médaille, recula de quelques pas et lui serra la main. Meka l'engloutit dans la sienne comme du coton mouillé.

Meka regarda de biais sa poitrine. La médaille était bien là, épinglée sur sa veste kaki. Il sourit, leva la tête et s'aperçut qu'il chantait en sourdine tandis que tout son visage battait la mesure. Son torse ondula malgré lui pendant que ses genoux fléchissaient et se détendaient comme un ressort. Il ne souffrait plus et n'entendit même pas ses os craquer. La chaleur, son besoin, la douleur qu'il avait aux pieds, tout avait disparu comme par enchantement. Il regarda encore la médaille. Il sentit que son cou grandissait. Oui, sa tête montait, montait comme la tour de Babel à l'assaut du ciel. Son front touchait les nuages. Ses longs bras se soulevaient imperceptiblement comme les ailes d'un oiseau prêt à s'envoler...

« La marmite dans laquelle on a préparé le bouc garde longtemps son arôme », se disait-il. Qui prétendait que les Meka étaient finis ? N'en était-il pas un, lui, un Meka, le seul indigène de Doum que soit venu décorer le Chef des Blancs ? Oui, il était connu à Timba, son nom avait traversé les mers, franchi les montagnes et était arrivé à l'oreille du grand Chef des Blancs qui avait envoyé un autre grand Chef le décorer à Doum. Et ça, tout le monde le savait, tout le monde avait vu comment la main même du Haut-Commissaire avait épinglé la médaille sur sa poitrine.

Le grand Chef des Blancs, entouré de son second, de M. Fouconi et de son adjoint, s'immobilisa au milieu de la cour, face à Meka. M. Fouconi appela du doigt l'interprète que Meka avait rencontré quelques jours auparavant à son bureau. Le fonctionnaire indigène, casque bas, courut vers Meka et lui dit que le Chef des Blancs et le commandant l'invitaient à boire et à manger toute la journée, et qu'on allait commencer à boire au Foyer Africain. Meka rejeta la tête en arrière en signe d'assentiment. L'interprète lui dit d'aller se placer avec les officiels et M. Pipiniakis. Meka, tête haute, traversa la cour et, dédaignant de se placer à côté du Grec, se tint à côté de l'adjoint de M. Fouconi.

Le clairon retentit. Les militaires commencèrent à défiler au son de la *Marche Lorraine*. Ils tournaient brusquement la tête vers le grand Chef des Blancs qui avait porté la main à la visière de son képi.

Meka, très impressionné, regardait, les yeux exorbités, les beaux fusils qui passaient et repassaient devant lui. Que pouvait-on contre les descendants de Japhet ? Il pensa à son vieux fusil indigène. Dire que son père avait voulu venir à bout des Blancs avec ça ! Il chercha vainement la bombe à fumée dont avait parlé André Obebé. Mais aucun militaire ne portait la grosse boule noire qu'avait conçue son imagination. Meka se mit à compter intérieurement les fusils. Il s'embrouilla, essaya de recommencer, s'embrouilla encore. Il pensait maintenant aux gorilles, ces sales bêtes qui dévastaient ses champs de bananiers. Si on lui donnait l'un de ces fusils inutiles, un seul ! eh bien ! les gorilles auraient à qui parler. Il résolut de demander un fusil au grand Chef des Blancs. Que pouvait lui coûter de lui en donner un ? Cette idée germa si bien dans sa tête qu'il se mit à regarder alternativement le grand Chef des Blancs et M. Fouconi. L'adjoint le foudroya du regard. Meka remua les lèvres, fit un pas en avant. L'adjoint, d'un geste impérieux, lui fit signe de reculer. Meka ressentit un grand battement dans ses pieds, il se passa la paume sur le visage. L'adjoint haussa les épaules et ne s'intéressa plus à lui. La gorge serrée, Meka joignit les talons et s'inclina un peu plus pour voir disparaître le dernier fusil du défilé. Quand il se redressa, l'adjoint le foudroya du regard. Meka sentit revenir son envie.

Kelara, les yeux humides de joie, avait suivi la remise de la médaille à son mari. Quand le Blanc serra la main de Meka, elle crut que son cœur s'arrêtait.

— Voilà quelqu'un ! disait-on autour d'elle. On ne peut pas dire qu'il n'y a pas de grand homme à Doum !

— Moi, je dis qu'on aurait mieux fait de l'habiller de médailles ! avait lancé une mauvaise langue. Cela aurait été un peu plus juste ! Il a bien perdu ses terres et ses fils pour ça...

C'était la fausse note qui avait douché l'enthousiasme de Kelara. Elle comprit que sa douleur était encore vivace et que rien ne la consolerait de la perte de ses deux fils. Elle dénoua son foulard et se l'enfonça dans la bouche pour ne pas crier.

— Qu'est-il arrivé à cette vieille femme ? demanda quelqu'un. A-t-elle une douleur quelque part ?

Une femme lui prit les épaules. Kelara se mit à pleurer de toutes ses larmes sur l'épaule de la femme qui se mit à pleurer avec elle. Les hommes détournèrent les yeux.

— Bon Dieu ! Que peut bien avoir cette vieille femme ? demanda-t-on encore.

Kelara sentait la boule qui lui était montée à la gorge fondre au fur et à mesure qu'elle pleurait. Quand elle ne la sentit plus, elle remercia la femme qui l'avait soutenue. Puis elle se jucha sur ses orteils pour regarder dans la cour où s'achevait le défilé. Elle vit son mari, le crâne luisant au soleil, sourire bêtement au Chef des Blancs. Elle ne sut ce qui se passa en elle. Meka lui apparut comme quelqu'un qu'elle n'avait encore jamais vu. Était-ce bien son mari qui souriait là-bas ? Elle regarda la paire de savates qu'elle tenait enroulées dans un journal sous le bras puis se dressa encore sur ses orteils. L'homme qui riait là-bas ne lui était rien. Elle eut peur d'elle-même et se frotta les yeux pour regarder encore Meka. Les commissures de ses lèvres s'abaissèrent en une moue méprisante. Elle se fraya un passage jusqu'à un jeune homme dégingandé à qui elle serra la main. Celui-ci, complètement interloqué, la regarda, bouche ouverte.

— C'est toi qui as parlé tout à l'heure, lui dit-elle. Merci, c'est le Saint-Esprit qui a parlé par ta bouche.

Le jeune homme voulut d'abord protester, puis, se ravisant, se passa la paume sur les lèvres.

— Bon Dieu de bon Dieu ! qu'est-ce que j'ai encore lâché ? se demanda-t-il tout haut.

— Ça alors ! dit son voisin, un autre jeune homme de petite taille qu'on aurait pu facilement confondre avec un Chinois. C'est toi qui as fait pleurer cette vieille femme tout à l'heure...

Quand le jeune homme dégingandé, complètement affolé, se retourna pour s'excuser auprès de Kelara, elle avait disparu.

— Je ne comprends pas ! dit-il. Ne serait-ce pas la femme de ce type qu'on vient de décorer là-bas ? demanda-t-il à son voisin.

— Peut-être bien que oui, car elle a commencé à pleurer quand tu as dit que le type qu'on vient de décorer mérite beaucoup d'autres médailles... Comment sais-tu qu'il avait perdu ses terres et ses fils pour la médaille qu'on vient de lui donner ?

— C'est le commandant qui racontait ça hier soir à table à M. Pipiniakis. Tu oublies que je suis le boy du commandant...

Les deux jeunes gens ne s'adressèrent plus la parole.

Dans la véranda du bureau de M. Fouconi, Meka faisait le seul point noir et kaki au milieu des complets blancs des Européens de Doum. Il s'efforçait de multiplier les sourires pour les intéresser. De temps en temps, une main blanche passait sur son crâne, sur ses oreilles avant d'admirer négligemment la médaille qui pendait sur sa poitrine. Il était tout heureux de constater que personne d'autre, parmi les Blancs, ne portait de médaille semblable à la sienne. Il avait fait le sourire le plus grand qu'il pouvait au Père Vandermayer quand celui-ci lui avait tapoté l'épaule et dit avec un sourire en coin qu'il était devenu un grand type.

Meka ne sut comment il s'était retrouvé à l'extérieur du cercle que les Blancs avaient formé autour de leur grand Chef. Ses congénères dansaient déjà dans la cour. Les tam-tams avaient succédé au défilé.

Meka ne savait à qui s'adresser pour demander quand on allait se rendre au Foyer Africain. Il alla tapoter l'épaule du Père Vandermayer, qui le fusilla du regard tout en l'écartant d'un mouvement violent du revers de la main. Meka, complètement abasourdi, porta sa main à son menton en ouvrant la bouche comme un poisson. Non, ce n'était pas possible, le Père Vandermayer ne pouvait lui répondre de cette façon ?

Meka s'éloigna de quelques pas et alla s'appuyer contre le mur. Il allongea ses jambes et posa ses mains sur ses hanches. Il hocha plusieurs fois la tête puis elle ne bougea plus. L'étonnement lui laissait la bouche ouverte comme la gueule d'un animal étranglé. Il fixait le sol, bêtement fasciné comme si le ciment avait eu des yeux de serpent. Il ne regardait plus le groupe des Blancs et seul le brouhaha de leur conversation lui parvenait. Où est-ce qu'il avait entendu les Blancs parler comme cela, sans qu'il les comprît ni ne les vît ? Il prit sa tête dans ses mains et se mit à se presser les tempes comme s'il eût voulu faire sortir le souvenir fugace du chaos de sa mémoire. Il fronça les sourcils puis son visage se détendit. Il avait trouvé : c'était au phonographe ! Il ferma les yeux et chassa le Père Vandermayer, M. Fouconi et le grand Chef des Blancs de ses pensées.

C'est à ce moment qu'on lui tapota sur l'épaule. Meka, bien avant d'ouvrir les yeux, sentit le Père Vandermayer. Il reconnaissait bien sa façon de frapper sur l'épaule de ses fidèles quand il passait derrière eux le dimanche pour ramasser l'argent au Credo.

— As-tu la maladie du sommeil ? lui demanda-t-il dans un mauvais mvema.

Il se mit à rire, puis le rire se figea sur ses lèvres. Meka venait de lui lancer la première œillade courroucée de sa vie.

— Es-tu malade, as-tu mal quelque part ? bégaya le Père Vandermayer.

— Non, mon Père, je suis un peu fatigué, mentit Meka.

— Tu te remonteras tout à l'heure, au Foyer Africain ! lui dit le prêtre en lui tirant l'oreille.

— Oui, mon Père, répondit Meka.

Le Père Vandermayer, quand il avait repoussé Meka, avait réalisé à retardement qu'il avait sorti imprudemment ses griffes et il se demandait si Meka s'en était aperçu. Il voulait s'en assurer et, ne sentant plus Meka sur ses talons, il était allé lui parler. Rassuré, puisqu'il n'avait rien remarqué sur le visage de Meka, il rejoignit ses congénères.

Enfin, M. Fouconi parla du vin d'honneur. Le cercle des Européens se fendit pour laisser passer le Haut-Commissaire. Quand Meka l'aperçut, il se redressa et tira les pans de sa veste. Le Haut-Commissaire descendit l'escalier et lui sourit. Les Blancs s'engouffrèrent dans leurs voitures. Le Père Vandermayer, derrière son pick-up. La voiture du Haut-Commissaire démarra d'abord. Celles de M. Fouconi, de Gosier d'Oiseau, du Père Vandermayer la suivirent ensuite. Meka, assis sur une caisse à vin de messe, enleva ses souliers.

II

Engamba ne comprenait plus rien. Kelara, les mains sur la tête, pleurait à fendre l'âme, assise dans la poussière de la cour. Amalia s'était jointe à elle. A chaque cri que poussaient les deux femmes, le corps d'Engamba était parcouru de frissons.

— Taisez-vous, tonna-t-il. Taisez-vous ! Pourquoi voulez-vous qu'un malheur tombe en ce beau jour où Meka a reçu une médaille du grand Chef des Blancs !

A ces mots, Kelara redoubla ses cris. Elle se mit à rouler par terre comme une bille de bois. Elle se tirait les cheveux tout en essayant de cracher sur son propre visage.

Le Village était désert. On était à Doum pour aller voir le grand Chef des Blancs dont la venue avait tenu tout le monde éveillé. Si Engamba ne s'y était pas rendu, c'est que ses pieds avaient mal supporté le voyage et qu'il ne pouvait même se rendre derrière la case que sur le dos d'Amalia. Il était en train de somnoler quand elle vint lui parler.

— J'entends une voix pleurer, on dirait la voix de Kelara, ajouta-t-elle en appliquant ses mains derrière les pavillons de ses oreilles.

Amalia ne s'était pas trompée. C'était bien Kelara qui venait en sanglotant à l'autre bout du village.

— Quelle femme, quelle mère est plus malheureuse que moi ! J'avais cru épouser un homme, un costaud... Mon Dieu ! pourquoi ai-je épousé un derrière plein de m... ! Mes enfants, mes pauvres enfants, on vous a vendus comme Judas a vendu le Seigneur... Lui au moins il l'avait fait pour des sous... L'homme qui a couché avec moi pour que je vous enfante n'a pas vendu cher ses gouttes de liquide ! Vous valez tous les deux, mes pauvres petits, une médaille...

Quelle femme, quelle mère est plus malheureuse que moi ? reprenait-elle.

— Tais-toi, Kelara, aie pitié de moi, suppliait Engamba, je suis très malade, je n'ai plus de ventre pour pleurer.

Sa voix se brisa à ces derniers mots. Amalia passa un bras autour du cou de Kelara et l'autre lui encercla la taille. Elle la traîna dans la case. Kelara s'allongea au coin du feu. Amalia lui apporta un gobelet d'eau qu'elle but entre deux sanglots.

Engamba haussa les épaules et tourna le dos à Kelara.

III

Maintenant qu'elle était vide, Meka tournait et retournait dans sa grosse paume la petite coupe de champagne que lui avait apportée le boy qui allait présenter un plateau aux quatre coins de la salle. Il l'avait vidée d'un trait, sans regarder les Blancs de l'estrade qui tenaient leurs verres à la main tout comme ses congénères, fonctionnaires et chefs, qui avaient eu comme lui le privilège de boire le vin d'honneur au Foyer Africain. Quand le Haut-Commissaire donna le signal en portant la coupe à ses lèvres, il s'aperçut que Meka l'avait grillé de vitesse. Il se retourna vers M. Fouconi. Il foudroya Meka du regard. Mais celui-ci ne s'aperçut de rien.

Meka essayait d'analyser la saveur de ce vin qu'il n'avait jamais bu de sa vie et qui pétillait jusque dans ses boyaux. A quoi cela

pouvait-il bien ressembler ? Il pensa à l'*Eno*
qu'il prenait dans un gobelet d'eau quand il
avait trop mangé. Ce ne pouvait être cela. Le
commandant ne pouvait faire cette farce,
donner de l'*Eno* à tout le monde comme vin
d'honneur ! Mais à quoi comparer le goût du
vin qu'il avait bu ? S'il pétillait comme l'*Eno*,
il n'avait pas exactement son goût. Meka se
gratta l'oreille, voulut se pencher à celle de
son voisin mais, intimidé par l'écusson rouge
de son dolman, n'en fit rien. Il s'étonna que
les autres n'eussent pas comme lui vidé leur
coupe de champagne sans reprendre haleine.
Blancs et Noirs effleuraient à peine leur coupe
des lèvres. Ils buvaient à petites gorgées,
comme des oiseaux au bord d'un étang. Ah !
comment ces Blancs, ces Chefs et ces fonctionnaires pouvaient-ils se dire des hommes ?
Voilà qu'une gouttelette d'un petit vin de rien
du tout les tenait en respect ! Meka regarda
le Haut-Commissaire. Un petit sourire supé-
rieur erra sur ses lèvres. Même le grand Chef
des Blancs se laissait avoir par ce petit vin.
Lui, Meka, il lui montrerait bien qu'il était
fils de l'Homme. Il appela du doigt le boy
qui se tenait au pied de l'estrade et lui tendit
son verre. Le boy détourna la tête pour ne pas
rire. Son métier lui en faisait voir décidément
de toutes les couleurs. Comment ce paysan
sans chaussettes ni cravate pouvait-il se
permettre de se croire dans sa case au Foyer
Africain et en présence du Haut-Commissaire ?

Meka s'était soulevé à moitié de son banc
tout en tendant son verre vide au boy. Celui-ci
lui avait répondu par un geste suivi d'une
grimace que Meka n'avait pas comprise. Il
se leva. C'est à ce moment que son voisin lui
tapota la cuisse. Meka se rassit mécaniquement, racla sa gorge d'embarras puis se
retourna vers lui. Celui-ci se pencha et Meka

tressaillit en sentant son souffle chaud à l'oreille.

— Du calme, que diable! laisse faire, lui murmura son voisin. Nous allons mettre ces Blancs au pied du mur. Ils ont invité de grands connaisseurs comme nous et regarde les verres qu'ils nous donnent! Moi je ne crois pas qu'ils puissent nous saouler...

Il se mit à rire en sourdine. Meka rit aussi.

— Attendons, reprit son interlocuteur, attendons...

Il vida sa coupe et se passa la langue sur les lèvres.

— Moi-même, Meka, commença le mari de Kelara en se penchant à son tour vers son voisin, j'ai toujours vu de ces choses! L'interprète m'a bien dit qu'on venait ici pour boire... Maintenant qu'on nous a distribué ces petits calices, est-ce que nous allons dire la messe?

Les deux hommes se mirent encore à rire.

Le boy repassa avec une autre bouteille devant la rangée de Meka. Quand il voulut remplir sa coupe, Meka cacha son verre derrière son dos.

— Si vous n'avez rien d'autre, lui dit-il, je préfère m'en aller. J'ai le ventre assez ballonné comme ça.

Il rota. Le boy haussa les épaules et passa au suivant. Meka posa son verre en équilibre sur sa tête. Le boy, complètement affolé, revint vers lui.

— Ne fais pas ça, lui chuchota-t-il. Qu'est-ce que tu veux que les Blancs disent, hein? Tu veux leur faire savoir que je ne t'ai rien donné, hein?

— Mon garçon, lui répondit Meka, le vin qui est derrière la porte où tu apparais de temps en temps avec les bouteilles, ne t'appartient pas. C'est le vin des Blancs, n'est-ce pas?

— Yééééé, chuchotèrent tous ceux qui étaient à proximité de Meka.

— Apporte-nous du whisky ! continua Meka. Le commandant ne te mangera pas...

— Je ne suis pas responsable, dit le boy en regardant autour de lui, je ne suis pas responsable...

Il fit demi-tour et traversa la salle avec la bouteille de champagne à demi entamée. Quelques instants plus tard, il réapparut avec deux bouteilles que Meka reconnut de loin. Ceux des indigènes qui tenaient encore leur coupe pleine la vidèrent sous leur siège.

Le boy déboucha une bouteille et remplit la coupe que lui tendait Meka, un large sourire sur les lèvres. Quand elle fut pleine, Meka rejeta sa tête en arrière et d'un mouvement sec vida le tout au fond de sa bouche. Puis il tendit à nouveau la coupe vide au boy qui la remplit aussitôt.

— Maintenant tu peux sortir les autres, dit Meka en faisant une grimace.

Il se retourna vers son voisin qui à son tour présentait sa coupe. Meka lui donna un coup de coude. L'autre haussa les sourcils puis retroussant ses lèvres se mit à aspirer le contenu de sa coupe.

— Je me sens revivre, lui dit Meka entre deux rots.

— Moi aussi, lui répondit son voisin.

— Je commence à croire que nous boirons le vin des Blancs.

— Je commence à avoir l'impression qu'on le boira...

Ils se mirent à rire.

M. Fouconi avait recommandé aux boys qui servaient le vin d'honneur aux notabilités indigènes de commencer par le champagne et d'aller doucement. Il leur avait répété à plusieurs reprises de ne servir du whisky que lorsqu'il n'y aurait plus ni vin mousseux ni vin rouge. Maintenant que les boys servaient du whisky aux Noirs, son visage était tellement rouge qu'on eût cru qu'un incendie était allumé dans son crâne. Il s'efforçait d'être tout oreilles aux propos que lui tenait le Haut-Commissaire, mais de temps en temps son regard suivait les boys qui n'osaient plus aller servir à l'estrade. Les Blancs n'avaient été servis qu'à la première tournée. Toutes les bouteilles se vidaient maintenant dans les coupes des indigènes qui étaient devenus très exubérants. Quand les boys revenaient du groupe des indigènes, ils n'osaient regarder du côté de l'estrade en traversant la salle. Ils sentaient néanmoins les yeux de M. Fouconi sur leur nuque.

« Après tout, se disaient-ils, le mal est fait. Péchons jusqu'au bout... »

Meka était aux anges. Mille petits feux s'allumaient dans son corps et lui apportaient un bien-être infini. Il flottait dans les nuages et la terre était blanche et immaculée à ses pieds. Kelara conduisait une voiture pleine de chaussures sur l'empeigne desquelles elle avait percé de petites fenêtres brodées d'or au niveau des petits orteils de Meka. Il avait invité le Haut-Commissaire à manger le bouc que lui avait apporté Engamba et tous les deux plongeaient la main dans le plat. Le whisky coulait par les trous du raphia du toit et pénétrait par tous les orifices de son corps. Il était bien. Le Père Vandermayer, transformé en gros chien noir, attendait sagement près de la porte que Meka lui jetât les os. Le bras de Meka devint si long qu'il éloigna l'animal en lui donnant un grand coup de poing.

Meka sentit qu'on lui saisissait la main. Il

voulut d'abord se débattre puis se calma et ouvrit les yeux.

— Tu m'as fait peur, lui chuchota son voisin en lui montrant le Haut-Commissaire qui terminait un discours.

Meka, interloqué, se mit à applaudir avant tout le monde. Il voulut se lever. On le retint par le pan de sa veste.

— Attends que l'interprète finisse de nous traduire ce qu'a dit le Chef des Blancs !

Meka appuya sa tête contre celle de son voisin. Celui-ci lui passa la main sur le dos. Au pied de l'estrade l'interprète, tout en pétrissant ses doigts, traduisait en mvema, le dialecte le plus parlé de Doum, ce qu'avait dit le Haut-Commissaire.

— Le grand Chef dit qu'il est très content de se trouver parmi vous, qu'il dit merci pour le bon accueil que vous lui avez fait. Puis il a parlé de la guerre que vous avez faite ensemble contre les autres Blancs de chez lui... et il a terminé en disant que nous sommes plus que ses amis, nous sommes comme des frères, quelque chose comme cela...

Tout le monde se mit à applaudir, l'interprète rejoignit sa place.

Meka, mu comme par un ressort, se leva de son banc et fit un pas en titubant. Il repoussa la main de son voisin qui voulait le retenir. Une rumeur monta du groupe des Noirs. M. Fouconi réprima un mouvement d'impatience et parla à son adjoint qui regarda, atterré, Meka s'avancer au pied de l'estrade. Le Haut-Commissaire, amusé, l'encouragea d'un signe de tête puis se pencha vers M. Fouconi. Le Père Vandermayer leur parla bas puis vint auprès de Meka. Les revers des mains de ce dernier l'éloignèrent avec un ensemble parfait. Le missionnaire devint écarlate au milieu de la salle. Meka se mit à

rire tout haut. Tous les Noirs l'imitèrent.
M. Fouconi se pencha par-dessus la table de
l'estrade et parla au prêtre qui retourna à
sa place.

M. Fouconi s'épongea le visage, s'inclina
vers le Haut-Commissaire et appela l'interprète.

— Je voudrais dire quelques... quelques
paroles au grand Chef des Blancs, dit Meka
en mvema.

L'interprète traduisit. Le Haut-Commissaire
sourit et parla à l'interprète.

— Le grand Chef dit qu'il est très content
de t'entendre, traduisit l'interprète.

Meka remonta son pantalon et se passa la
langue sur les lèvres. Il parla longtemps, tout
en regardant tour à tour le Haut-Commissaire
et l'interprète.

Quand il eut terminé, l'interprète traduisit.

— Meka regrette de prononcer les paroles
suivantes après quelques verres de vin, mais
il y a un proverbe qui dit : « Si tu veux savoir
ce qu'un ami pense de toi, bois quelques
gobelets avec lui. »...

Tous les Blancs remuèrent. M. Fouconi
s'épongea le visage. Le dessous du menton du
Haut-Commissaire se gonfla et se dégonfla.
L'interprète reprit :

— Meka demande si vous pouvez venir
manger avec lui le bouc que son beau-frère
lui a apporté pour célébrer la médaille que
vous lui avez donnée. Il le dit parce que depuis
que les Blancs sont ici, il n'a jamais vu un
Blanc inviter un indigène ni un indigène
inviter un Blanc. Etant donné qu'ils sont
maintenant des amis ou plus que cela comme
le grand Chef l'a dit, il faut bien que quelqu'un
commence.

Le Haut-Commissaire et son adjoint applaudirent les premiers. Les autres Blancs les

imitèrent. Le Haut-Commissaire pinça le bout de son nez entre le pouce et l'index. Il se leva. M. Fouconi recula sa chaise. Le silence fut complet dans la salle. L'interprète, immobile au milieu de la salle, buvait les paroles du Haut-Commissaire.

Meka, qui avait regagné tant bien que mal sa place, voyait le Haut-Commissaire ondoyer au-dessus de l'estrade. Tout son corps semblait accablé par le poids du dessous de son menton. Il parlait lentement, posément, comme si chaque mot qu'il disait était le dernier. Quand il termina, les Blancs applaudirent, puis les Noirs les imitèrent. Quand le silence revint, l'interprète traduisit les paroles du Haut-Commissaire en mvema, tout en regardant Meka.

— Le grand Chef des Blancs est évanoui de plaisir pour l'invitation que tu lui as faite. Il mange ton bouc en pensée et pleure de ne pouvoir venir le manger avec toi dans ta case parce qu'il s'en va. Mais lui, il t'invite à manger avec lui pour une autre fois. Et cette promesse est le commencement d'une saison nouvelle... quelque chose comme ça...

Les Noirs applaudirent et les Blancs les imitèrent à leur tour. Les indigènes appréciaient le discours en dodelinant de la tête. Tous les regards allaient vers Meka à qui chacun faisait son plus beau sourire. Ses compatriotes les plus enthousiastes traversaient la salle avec une drôle de démarche et venaient lui serrer la main.

— Tu es quelqu'un ! lui disaient-ils. Tu as dit ce que nous pensions. Tu es le propre sang de ton valeureux père. Nous comptons tous sur toi à Doum.

Meka écoutait tous ces compliments, la tête penchée sur l'épaule de son voisin. Il lui semblait qu'il avait passé des années sans dormir et que tout le sommeil perdu pendant ce temps s'était abattu sur ses yeux. Il pensait à son lit à côté du foyer de Kelara. Il se vit, couché sur le dos comme à l'habitude, l'avant-bras gauche posé sur son front. Puis ce fut la descente, une descente dans un gouffre sans fond où le miel tombait sur sa langue... Puis plus rien. Meka ronfla.

Lorsque M. Fouconi vit que l'atmosphère devenait on ne peut plus agitée au Foyer Africain, il s'inclina vers le Haut-Commissaire. Celui-ci se leva le premier. Tous les Blancs de l'estrade l'imitèrent. M. Fouconi appela l'interprète et lui parla longuement. Les Blancs s'en allèrent par la porte qui s'ouvrait derrière eux. Ce qui leur évita de passer parmi les Noirs au fond de la salle.

L'interprète battit des mains pour demander le silence. Il l'obtint difficilement puis joignant les mains il parla à ses congénères.

— Le commandant m'a chargé de vous dire que le grand Chef est fatigué...

— Parce qu'il mange beaucoup ! blagua quelqu'un.

Un grand éclat de rire couvrit la voix de l'interprète qui s'emporta.

— Quelle espèce d'hommes êtes-vous, tonna-t-il, je vous le demande !

Cette question rétablit le silence. L'interprète exploita à fond sa victoire.

— Je vous demande quels hommes vous êtes ! Si vos ancêtres vous voyaient dans l'état où vous êtes devant ces hommes d'au-delà des mers, que penseraient-ils ? Vous me faites honte...

Ces derniers mots se perdirent dans une rumeur. Les notabilités s'étaient divisées en deux camps. Ceux qui voulaient continuer à entendre l'interprète et ceux qui lui criaient de se taire. On s'en prenait au pauvre fonctionnaire. Qu'est-ce qu'il se croyait, ce petit-fils de pygmées ? Depuis quand les esclaves imposaient-ils silence aux princes ? Les Blancs avaient bouleversé les traditions dans ce pays ! Voilà qu'un rien du tout se permettait d'imposer le silence aux rois !...

L'interprète, baigné de sueur au milieu de la salle, encaissait ces propos. Il fit un geste vague comme pour implorer le pardon et le silence, mais cela finit par exaspérer les notables. Quelqu'un suggéra qu'on le pende pour rire. L'interprète ne demanda pas son reste. Il s'enfuit par la porte de derrière l'estrade, aux énormes éclats de rire de l'assistance.

Un grand gaillard prit sa place.

— Mes seigneurs ! commença-t-il en vidant son verre, mes seigneurs !

L'interpellation, flattant l'amour-propre de chacun des buveurs, rétablit le silence.

— Mes seigneurs, continua le grand gaillard, c'est un seigneur qui vous parle, le seigneur des Ekans, le fils du grand Akoma.

Tout le monde applaudit.

— Maintenant nous pouvons nous taire, se répétaient les notabilités. Nos oreilles ne souffriront plus des paroles d'un esclave, d'un chien d'esclave...

— Mes seigneurs, reprit le gaillard des Ekans, je vous prie d'oublier les paroles de l'esclave de tout à l'heure !

— Ouououououblééééééééé ! cria l'assistance, oublié !

— Je vous reconnais là ! dit encore le gaillard.

— Yéééééé ! vociféra l'assistance.

Le calme redevint complet.

— Je ne comprends pas que l'esclave ait pu se demander quel genre d'hommes nous sommes ! reprit en riant le gaillard qui semblait se tenir à grand-peine sur ses pieds comme s'il se fût tenu sur l'un des pôles d'une sphère mobile. Nous sommes des seigneurs ! vociféra-t-il.

— Yééééé ! répondit chaudement l'assistance des seigneurs et des vrais...

— Dans cette réunion, continua l'orateur, je n'ai entendu qu'une seule parole digne d'entrer dans les oreilles des hommes. C'est la parole du seigneur Meka...

— Yéééééééé ! approuva bruyamment l'assistance tout en appuyant ce cri d'un mouvement sec de la tête.

— Comment l'esclave a-t-il pu nous demander quel genre d'hommes nous sommes ? Voulait-il que nous cessions d'être nousmêmes, comme lui, parce que nous étions devant les Blancs ?

L'assistance applaudit.

— Je ne comprends pas, poursuivit l'orateur, tous les Blancs, comme leur grand Chef, disent que nous sommes plus que des amis... Mais qui de vous a rencontré la main d'un Blanc dans un même plat de nourriture ?

— Personne, personne, persooooooooooooonne ! vociféra l'assistance.

— Ils disent tous comme le grand Chef... Et quand un Blanc promet quelque chose, surtout quand il porte des galons comme le grand Chef...

— Il vaut mieux ne plus y penser, ne plus y penser ! reprit l'assistance en chœur. On connaît ces promesses-là...

— Ce sont les paroles de Meka que j'ai développées là, termina l'orateur en rejoignant sa place.

— Ce que tu as dit a du poids, répondit l'assistance. Meka est la sagesse en personne.

— Où est-il ? demanda quelqu'un.

— Laissez-le reposer, répondit le voisin de Meka qui l'entourait comme un enfant.

Meka, la tête appuyée contre son épaule, dormait la bouche ouverte, ses longs bras pendant comme deux lianes de chaque côté du banc jusqu'au ras du sol. Son voisin lui passa la main sur la tête avec gravité, comme s'il touchait une relique.

Meka remua son nez comme un lapin et enfonça sa tête plus profondément dans le creux de l'épaule de son voisin. Celui-ci, comme illuminé, ferma les yeux.

Les orateurs se succédèrent au pied de l'estrade. Personne n'était content. Ces Blancs exagéraient. En quoi pouvaient-ils dire qu'ils étaient plus que des frères pour les indigènes ? Le Haut-Commissaire et tous les Blancs français de Doum étaient assis sur l'estrade avec les Grecs, ceux-là mêmes qui empêchaient les Noirs d'être riches. Aucun indigène n'était sur l'estrade avec eux. Il n'avait causé entre amis avec aucun indigène. Tout avait été public. Comment pouvait-on parler d'amitié si on ne pouvait causer avec le Haut-Commissaire qu'en parlant comme au tribunal ? Ces Blancs étaient de drôles de gens. Ils ne savaient même pas mentir et ils voulaient que les indigènes les croient. Bien sûr qu'ils avaient construit des routes, des hôpitaux, des villes... Mais personne parmi les indigènes n'avait de voiture. Et puis de ces hôpitaux on sortait souvent les pieds devant. Quant aux maisons, c'était pour eux-mêmes. L'amitié ne pouvait-elle se fonder que sur le vin d'honneur ? Et même en buvant ce vin, les Blancs choquaient leurs verres entre eux... Où était donc cette amitié ?

Une voiture s'arrêta dans la cour avec un grand crissement de freins. Des brodequins sautant à terre faisaient un bruit de pluie de pierres sur du gravier.

— Gosier d'Oiseau et ses hommes ! cria quelqu'un.

La panique devint générale dans la salle. Des bouteilles furent renversées, des verres cassés. On se disputait les casques et les képis qu'on confondait avec ceux des voisins. Des gardes entrèrent dans la salle et Gosier d'Oiseau s'encadra dans la porte. Il parla au sergent des gardes qui s'adressa ensuite aux notabilités.

— Gosier d'Oiseau... Puis se ravisant : le commissaire dit que la fête est terminée. Vous avez assez bu comme ça. Il n'a pas de temps à perdre et vous dit de foutre le camp, sinon...

Les indigènes se regardèrent. Ce n'était même pas l'étonnement qui se lisait dans leurs yeux. Ils n'en étaient plus à ce stade-là. Ils connaissaient Gosier d'Oiseau depuis cinq ans, mais ils se demandaient à quoi il voulait en venir en ce jour de 14 juillet, où le commandant leur avait offert à boire. Ils sortaient du Foyer Africain, le casque sous le bras, sans un dernier regard sur cette baraque de tôle où l'on venait de leur faire des discours sur l'amitié.

M. Varini — Gosier d'Oiseau — n'ayant rencontré aucune difficulté pour faire évacuer la salle, jugea inutile d'inspecter les bancs, ferma la porte et s'en alla avec ses hommes. Les notabilités indigènes avaient retrouvé la parole après le départ du commissaire. Ils discutèrent longtemps, par petits groupes sur la route, puis se disséminèrent à travers les mille pistes qui conduisent au quartier indigène.

Personne n'avait pensé à Meka. Quand on avait annoncé Gosier d'Oiseau, le voisin de

Meka, complètement affolé, l'avait éjecté au milieu de la salle, mais comme il s'y trouvait un attroupement Meka fut renvoyé comme une balle à son banc. Il s'y était étendu mécaniquement sans pousser un grognement et ses pieds n'y rencontrant plus de fesses-obstacles s'allongèrent. Il dormait, baignant de sueur dans cette baraque dont la tôle craquait comme des grains de maïs sous la canicule de fin de saison sèche. Il était couché sur son côté gauche, le bras flottant au ras du sol. La médaille avait glissé au creux de son aisselle et les mouvements inconscients qu'il faisait la décrochaient petit à petit. Il ronflait comme une jeune panthère, tout en faisant claquer ses dents. Il dormait ce sommeil que l'on appelle dans les villages le sommeil-mort.

Après le vin d'honneur tous les Européens s'étaient retrouvés au Cercle Européen, chez M. Pipiniakis, qui étrennait sa Légion d'honneur. C'est chez lui que M. Fouconi, célibataire sans courage, avait organisé la réception du Haut-Commissaire.

Le Cercle Européen était une bâtisse sans style, l'un de ces édifices qu'on ne rencontre qu'aux colonies. Il trônait au rond-point du Centre commercial, du marché, de l'école et de l'hôpital. M. Pipiniakis, économe par mesquinerie, l'avait fait peindre en ocre, la couleur de la poussière tenace de Doum. On y accédait par un saut au-dessus de la rigole-poubelle que nettoyait de temps en temps l'eau du ruissellement. A la veille de l'arrivée du Haut-Commissaire, Gosier d'Oiseau avait surveillé lui-même les travaux de réfection qu'effectuait la main-d'œuvre pénale. On avait posé des palmes partout. Des guirlandes de fleurs sauvages pendaient du plafond de bambou que cachait un grand drapeau tricolore en papier. Les boys avaient été équipés de blanc et Mme de Monroti, la seule « buveuse de thé » de la ville, avait parfait leurs révérences pendant toute une journée.

Le Haut-Commissaire, en attendant le pittoresque des fêtes indigènes dans l'après-midi, retrouva au Cercle Européen l'ambiance européenne inespérée dans ce coin de brousse...

TROISIEME PARTIE

I

Meka n'eut pas le temps de se réveiller lentement, progressivement, comme cela lui arrivait quelques rares fois dans sa case. Il s'était trouvé subitement rejeté sous le banc. Le Foyer Africain plongé dans l'obscurité subissait les assauts de la première tornade de fin de saison sèche.

Tout craquait et geignait sous les rafales et le tonnerre. On eût dit que des myriades de seaux d'eau se déversaient sur le toit de vieille tôle qui s'aplatissait sous le choc. Lattes, solives, chevrons, tout lâchait au-dessus de la tête de Meka qui se demanda si ce n'était pas la fin du monde. Un éclair déchira les ténèbres et le roulement du tonnerre qui le suivit fit trembler la terre sous les fesses de Meka. Il sentit tout bondir dans son ventre et ne sut comment il se retrouva couché sur

le dos, dans un espace où ses bras battirent
vainement dans l'obscurité pour s'agripper à
quelque chose. Il voulut se lever mais un
autre coup de tonnerre l'écrasa contre terre.
Il roula comme un lapin et se retrouva à
nouveau sur le banc. Comme un feu bien
nourri, éclairs et coups de tonnerre se
succédaient, s'interféraient avec une rapidité
déconcertante. Meka fit le signe de croix puis
ses mains soulevèrent machinalement. le
banc au-dessus de sa tête. Il le bascula devant
lui. Un bruit de ferraille et de bouteilles
cassées lui répondit et fut aussitôt absorbé
par un autre coup de tonnerre plus percutant
encore que le premier. Meka fit encore un
signe de croix.

Il se leva comme un fou et avança devant
lui. Un éclair lui dévoila l'immense drapeau
tricolore qui flottait au-dessus de l'estrade.
L'eau s'engouffrait partout. Meka la sentait à
ses chevilles. Il voulut retrousser son pantalon, mais en se tenant sur le pied droit il
perdit l'équilibre et s'abattit comme un pavé
dans la mare qui avait jailli à ses pieds. Quand
il se releva, il s'aperçut que le toit de tôle
touchait presque sa tête. Il poussa un cri
terrible et fonça dans l'obscurité devant lui.

Allait-il mourir comme un porc-épic, seul
dans ce grand piège où il n'y avait pas d'issue ?
Ses mains se mirent à explorer chaque ondulation de la tôle. Enfin ses doigts rencontrèrent les charnières de la porte. Il en
délimita le battant en tâtonnant puis le tira.
Toute la baraque s'ébranla. Meka allongea la
main au-dessus de sa tête. Il trembla en
sentant le toit sur ses doigts. Tout son sang
s'en alla. Il explora son cou pour voir s'il
portait encore sa médaille saint Christophe.
Il se rassura, elle était bien à sa place,
suspendue à une ficelle de sac à *stock-fish*. En

une seconde, Meka réalisa enfin qu'il était enfermé au Foyer Africain sous la tornade et que la baraque allait s'écrouler sur lui. Mais il ne s'affola plus, ce bon saint Christophe était avec lui.

Meka tira encore le battant de toutes ses forces. Il entendit l'eau stagnant sur le toit aplati tomber en nappe sur la cour tandis que le mur contre lequel il était appuyé s'inclinait dangereusement. Meka courut vers l'estrade. Le pan de mur contre lequel il était appuyé s'effondra, livrant passage à une bouillonnante trombe d'eau. La toiture tenait par miracle. Les eaux sapaient le mur du fond qui commença, lui aussi, à s'incliner. Meka se mit à crier. Il vociférait comme un forcené au milieu de la tourmente. Il ne sut comment il se retrouva dans une rigole qu'il reconnut aux plants de citronnelle à demi submergés.

La visibilité était nulle dans la cour. Meka se leva. L'eau, emplissant son pantalon, suintait sur ses jambes. Il fut heureux de constater qu'il était pieds nus. Les roulements du tonnerre s'assourdissaient et les éclairs devenaient de plus en plus falots. Meka avançait avec circonspection. Son pied sondait la profondeur de l'endroit où il allait se poser avant de s'y poser tout à fait. Meka ramenait ensuite le pied resté en arrière. Parfois il allait carrément à quatre pattes pour être plus sûr de ne pas tomber. Quand il sentit de gros cailloux sous ses mains, il poussa un soupir et se redressa. Il était sur la route.

La tornade s'était abattue à Doum avec une violence inouïe. La nature longtemps sevrée de pluie en était pétrie, sapée, gorgée, noyée. Des arbres frappés par la foudre brûlaient çà et là comme des torches monumentales dans la nuit.

La nappe d'eau qui reflétait les éclairs

s'étendait à l'infini. Meka était seul sur cette mer immense, sans boussole ni lanterne. Il pleuvait toujours. Meka, qui n'avait plus de sourcils, recevait l'eau qui ruisselait sur son front dans ses yeux. Il pressait ses paupières et soufflait l'eau qui pénétrait dans sa bouche en allongeant les lèvres en cul de poule. Un tam-tam battait son crâne. Meka se donnait de temps en temps un coup de poing dans la nuque pour calmer la douleur qu'il ressentait dans la tête. Il regarda du côté du Foyer Africain. Il aperçut un tas de tôle dans un éclair. Une terreur rétrospective lui donna mal au ventre. Vraiment, il avait frôlé l'éternité. Il fit un signe de croix, suça son pouce et remit la prière à plus tard. Il hocha la tête et se demanda comment il allait faire pour s'orienter dans ce désert d'eau où la route avait été submergée. Il pensa à Kelara, à Engamba, à tous ceux qui l'attendaient pour manger le bouc. Sa case avait-elle tenu sous la bourrasque ? Il résolut d'aller droit devant lui. Tout s'apaisait. Mais le ciel encore chargé de nuages restait menaçant. Meka, qui avançait plus lentement qu'une tortue, redouta une seconde pluie. La tornade soufflait toujours en deux temps, à la fin de la saison sèche. A la première phase, chargée de pluie et d'éclairs, succédait une phase purement pluvieuse.

Meka accéléra le pas. Ses pieds, à chaque plouf qu'ils faisaient en sortant de l'eau et en y retombant, semblaient accablés d'un poids énorme. Meka les levait aussi haut qu'il pouvait. Il s'aperçut qu'il se fatiguait plus qu'il n'avançait.

« Si au moins je pouvais nager ! » se dit-il.

Mais l'eau ne lui arrivait qu'au mollet. Il se résigna à aller au pas de soldat allemand.

« L'homme est un être solitaire », pensait-il.

Comment lui, qui faisait partie de l'une des familles les plus nombreuses de Doum, pouvait-il se trouver tout seul dans ce cataclysme qui le dépassait ? Il essaya de se remémorer les événements de la journée. Tout était nébuleux dans son esprit. Il porta machinalement la main à sa poitrine et s'arrêta, interdit. La médaille que lui avait donné le Chef des Blancs avait disparu. Il regarda l'eau qui coulait à ses pieds. Ses pensées s'en allèrent au Foyer Africain. Avait-il perdu sa médaille ou la lui avait-on volée ? Il souhaita que ce soit cette dernière hypothèse la vraie. On ne pouvait espérer retrouver quelque chose après cette tornade. Il fit encore un signe de croix, récita un « pater » et un « ave », puis termina en suçant son pouce.

Il pensa encore à sa médaille. Mais, bon Dieu de bon Dieu ! où pouvait-il bien l'avoir perdue ? Il se revit dans la voiture du Père Vandermayer.

— Ce coquin-là ! dit-il tout haut. Mon Dieu, pardonne-moi si je blasphème, implora-t-il intérieurement. Je ne sais plus où j'ai la tête. J'ai perdu ma médaille. J'ai tout perdu... tout... Je suis seul, seul au monde... »

Il poursuivait sa marche solitaire dans la pluie. Il surgissait à la lumière des éclairs comme un cadavre miraculeusement ressuscité des eaux. C'était une apparition d'apocalypse au milieu des éléments déchaînés.

Enfin Meka aperçut les premières cases du quartier indigène. Les toits se profilaient, noirs sous le pan de ciel orange d'où jaillissaient les éclairs par intermittence. Meka sentit une bouffée de chaleur l'envahir. La danse de saint Guy qui l'agitait des pieds à la tête disparut. Il résolut d'aller faire sécher ses vêtements chez Mami Titi.

Le quartier indigène n'était pas tout à fait au bord de la route. On y accédait en dévalant un talus et la piste serpentait ensuite à travers un bosquet de palétuviers, vestige de l'ancien marécage.

Meka ne pensait plus à autre chose. Mami Titi occupait toutes ses pensées. Il attendit un éclair pour prendre le bosquet de palétuviers comme point de repère.

— Qu'attendent ces éclairs pourris ? fulmina-t-il à haute voix.

Il se vit aussitôt couvert d'un faisceau lumineux. Il porta les avant-bras sur ses yeux.

— Qui est-ce qui s'amuse ainsi ? demanda-t-il interloqué.

Puis, avec un ton de supplique :

— O l'homme qui a la torche électrique, c'est le bon Dieu qui t'envoie ! Viens m'aider à retrouver la piste qui conduit au quartier indigène...

Le faisceau avançait. Meka entendait un bruit d'eau pilée par des bottes. Il essaya de détourner les yeux du faisceau qui l'aveuglait.

— Ne braque pas la lumière dans mes yeux, ô étranger providentiel ! Eclaire la terre du Seigneur où je cherche ma piste... ô étranger ! la piste seulement...

— La ferme ! Non mais... ! fit une voix sépulcrale.

La lumière s'éteignit aussitôt, noyant Meka dans les ténèbres de la Création. Avant qu'il ne fût revenu de sa surprise, une main de fer s'abattit sur sa ceinture, lui coupant le souffle. Meka se sentit soulevé de terre. Etait-il entre les serres d'un aigle qui l'emportait au ciel ? L'éclair qu'il avait tant attendu lui dévoila deux formes noires presques coniques dans leurs manteaux à capuchon. Ce fut en vain que ses pieds cherchèrent le sol. Il poussa un cri guttural, bientôt happé par le clapotis de son corps s'abîmant dans l'eau. Ce baptême l'assomma tout à fait.

Quand, péniblement, il revint à lui, un faisceau de lumière l'inondait. Il perçut les visages balafrés des policiers qui braillaient au-dessus de lui.

— Lève-toi ! Cochon malade ! Tes papiers ? Hein ! Tes papiers ! D'où sors-tu ? Qu'est-ce que tu fous par ici... hein ! par ici... au quartier blanc ? A minuit ! pendant l'orage ! Et tes complices ? hein ! Où sont tes complices ?...

Abasourdi par la chute, encore étourdi par le vin d'honneur et la pluie qui continuait à tomber, l'esprit nébuleux, Meka prit enfin conscience de ce qui lui arrivait. Il se leva comme un automate, les jambes vacillantes, et se mit à chercher ses poches fébrilement. Le pouce de sa main droite s'accrocha à la poche gauche de son veston. Pour mieux l'explorer, Meka se mit à déboutonner son veston, l'enleva à moitié et déboucla la ceinture de son pantalon. Un étau broya sa nuque tandis que les cloches de Pâques résonnaient dans sa tête.

— Que je perde mes couilles, ô vieillard ! si j'ai jamais pensé à t'enculer ! fulmina le garde. Cache-moi ton vieux derrière ! Et montre-moi tes papiers ! acheva-t-il en crachant pour conjurer le mauvais sort.

Meka resserra sa ceinture et boutonna sa veste.

Il reprit l'exploration de ses poches en se donnant de petites tapes sur la toile mouillée comme s'il s'était battu avec des moustiques.

— C'pas les papiers... que le gou... gou... verneur... m'a dit d'ap..... d'ap... porter... C'est la médaille... qui... qu'il est venu me donner, bégayait Meka en continuant à se donner des claques.

— Suffit ! coupa le garde. Me prends-tu pour

un couillon de policier pour me débiter tes sornettes, ô rat qui profite d'une nuit d'orage pour piller le quartier européen !... Ton compte est bon !

— En vérité, protesta Meka, je suis un ancien !... Et le gouverneur est mon ami... O garde ! C'est seulement cette médaille...

— Ta gueule maudite ! ô vieillard ! Comment peux-tu mentir comme une femme au moment suprême !

— Je suis chrétien, ô garde ! Et le mensonge est proscrit dans la bouche qui reçoit le Seigneur... O garde !

— Que je t'y fourre la crotte de chat, ô vieille tortue !... En route !

Meka avançait plus vite qu'il ne le pouvait. Le garde, la main derrière sa nuque, le poussait devant lui presque en courant. Meka s'essoufflait. Il poussait de temps en temps un gémissement. Il sentait le garde haleter comme un coureur bien entraîné. Il était éclaboussé de l'eau que pilaient les bottes du policier.

— Je n'en peux plus, dit Meka en s'arrêtant. Je n'en peux plus...

Il se laissa choir dans l'eau. Le garde l'empoigna par le col de sa veste et le traîna comme un vieux sac sur une bonne distance.

— O homme ! supplia Meka, que t'a fait l'homme mûr ?

Le garde lui décocha un coup de pied dans les reins. Meka poussa un cri lugubre et inclina la tête sur son épaule. Le garde lui empoigna l'oreille et lui braqua sa torche sur le visage. Du pouce, il lui ouvrit une paupière, Meka cilla.

— Debout ! debout ! cria le garde. Allez ! allez ! grouille-toi, merde ! Tu veux que je t'assomme ?

Meka pencha encore la tête sur son épaule.

Le garde le traîna à terre jusqu'à une rigole et là, il lui enfonça la tête dans l'eau qui ruisselait. Meka s'ébroua comme un chien et pressa ses paupières. Le garde le lâcha. Meka lécha ses lèvres, les allongea en cul de poule et souffla. S'aidant des coudes et des genoux, il se leva en titubant et voulut retourner dans la rigole. Le garde le retint par le col de sa veste. Meka s'étrangla et poussa un cri de chimpanzé apeuré. Le garde le relâcha, Meka replongea et fut à nouveau retenu par le col de sa veste.

— En route, Monsieur l'ami-du-Gouverneur ! lui ordonna le garde en s'esclaffant. Regardez-moi ce vieux vicieux ! Allez ! Ouste !

— Mon fils, dit Meka en haletant, tu as l'âge de mon fils, ô garde ! supplia-t-il. Pourquoi veux-tu faire couler un sang aussi vieux que celui de ton père ? O garde ! pourquoi veux-tu qu'un anathème s'abatte sur toi et les tiens... O garde ! mes paroles glissent-elles sur toi comme l'eau sur les plumes d'un canard ?

— Ta gueule ! rugit le policier en le secouant comme un manguier.

Meka vacilla sans se plaindre. Il essaya d'enlever la main de fer qui tenait le col de sa veste. Quand il sentit ses efforts vains, il ne bougea plus. Ils se regardèrent en chiens de faïence dans la semi-obscurité. Le garde cracha de mépris puis lâcha le col de la veste de Meka qui fit faire un mouvement de rotation à son cou. Le garde lui alluma encore la torche au visage. Meka porta la main à ses yeux. Le garde éteignit la lampe.

— En route, Monsieur l'ami-du-Gouverneur ! dit-il encore en poussant Meka devant lui.

Il accompagna ces mots d'un grand faisceau lumineux qu'il fit jaillir, la torche suspendue au-dessus de la tête de Meka. Ils marchèrent un instant en silence. De temps en temps, un éclair les montrait, l'un derrière l'autre, Meka poursuivant son monologue intérieurement en agitant les bras.

— Garde ! mon fils ! s'écria-t-il. Ecoute-moi une dernière fois ! Je ne suis pas un rôdeur, ô mon fils ! psalmodia-t-il. Un Meka n'a jamais volé, ô garde ! Je suis allé chercher la médaille de l'amitié, ô garde ! la médaille de l'amitié seulement...

— ...

— Je suis un homme parmi les hommes de Doum, O enfant du soleil levant qui ne me connais pas ! O garde ! je suis allé chercher la médaille de l'amitié...

— Tu me casses les oreilles ! s'emporta le policier. Garde ta chanson pour Gosier d'Oiseau !

— N'y a-t-il aucune possibilité d'arrangement entre nous, mon fils ? demanda Meka sans se retourner. Pourquoi tiens-tu à me remettre entre des mains étrangères ? O mon fils ! pourquoi tiens-tu à me remettre entre des mains étrangères ? Mes paroles glissent-elles...

— Oh ! la ferme !

Meka se tut puis leva les bras au ciel.

Ils arrivèrent au poste de police. Le garde tira violemment une porte sous laquelle on apercevait un trait lumineux et précipita Meka à l'intérieur de la pièce.

Le brigadier indigène de service qui y dormait la bouche ouverte, sur la table où brûlait une lampe à pétrole, se réveilla brusquement en jurant. Meka, effrayé, fit un pas en arrière. Le cerbère qui l'accompagnait referma la porte, éloigna Meka de son chemin puis vint s'immobiliser devant le brigadier. Celui-ci fit un demi-salut fasciste et commanda : « Repos ! » Le garde alla accrocher son manteau sur la table où le brigadier avait ouvert un cahier. Il leva les yeux au-dessus de la lampe en direction de Meka, les reporta sur son collègue qui passait de temps en temps son pouce sur son front, puis les rebaissa sur son cahier. Il interrogea enfin son subordonné du regard.

— Pas grand-chose! dit ce dernier en se retournant vers Meka et en l'invitant à avancer d'un geste de la main. Encore! ordonna-t-il à Meka qui, les bras croisés sur le bas-ventre, avançait comme un mouton qu'on pousse sous la pluie.

Quand Meka fut dans la lumière, le garde se pencha vers son chef qui l'écoutait, le menton sur les paumes, les coudes en tréteaux au-dessus du cahier.

— Un rôdeur, un couillon, dit le garde en se retournant mécaniquement vers Meka, puis, se penchant de nouveau sur son chef, pas d'éclairage, pas de papiers... Rien... ce qu'il faut à Gosier d'Oiseau...

Le brigadier leva les yeux au-dessus de son cahier, les y reposa puis les releva sur son collègue.

— C'est em...! on ne va pas foutre ce mec dégoûtant dans le gnouf qu'on vient de peindre...

Il se leva et vint s'appuyer contre la table, face à Meka.

— D'où es-tu? lui demanda-t-il.

— De... de..., commença Meka en se léchant les lèvres.

— Il dit qu'il est l'ami du Haut-Commissaire, expliqua le garde, et qu'il a perdu la médaille qu'il lui a donnée, et qu'il est un seigneur, et un vrai... cet idiot.

Les deux hommes contemplèrent Meka en silence. Il baissa les yeux comme une jeune fille pudibonde. Les gardes éclatèrent de rire. Meka sursauta.

— Ton nom ? demanda encore le brigadier.

— Meka...

— Meka ! répéta le garde.

Le brigadier revint à sa place derrière le bureau. Il haussa les épaules, puis trempa sa plume dans un encrier. Il vérifia que le porteplume était bien entre l'index et le majeur d'une part et bien couché sur la naissance du pouce d'autre part. Il pencha la tête sur son épaule droite et sortit toute grande sa grosse langue comme un chien qui va s'accoupler. Son subordonné le regardait, émerveillé, un sourire d'admiration béate sur les lèvres. Le brigadier leva encore les yeux au-dessus de la lampe.

— Meka, hein ! répéta-t-il comme pour lui-même.

— Meka ! confirma encore son adjoint.

Le brigadier posa sa main gauche à plat sur la table puis se pencha jusqu'à ce que son menton la touchât. Sa langue se dilatait à vue d'œil. Il leva sa main droite qui se mit à décrire des orbes comme un oiseau de proie avant de se poser sur la page blanche.

— Meka..., souffla-t-il encore.

— Meka ! reprit le garde qui se penchait au-dessus de son chef dont la main se tortillait sur le cahier.

Les mêmes gestes se répétèrent à plusieurs reprises quand Meka donna son prénom « Laurent » qu'il prononçait « Roron » et que le brigadier écrivit « Roro » sur répétition de son second.

— Bon ! firent les deux gardes, en même temps en se congratulant avec des œillades.

Le brigadier sortit un trousseau de clés de son tiroir. Son second prit la lampe et alla ouvrir la porte. Dehors, il pleuvait encore.

Mais c'était une pluie fine qui tombait comme une nuée d'épingles en traversant le halo falot de la lampe.

— Quelle pluie de sorcellerie ! dit le garde en ouvrant la marche.

— Avance ! cria le brigadier à Meka.

Meka s'embrouilla en voulant prendre le pas du garde qui éclairait leur chemin. Les orteils de son pied gauche butèrent sur son talon droit. Il sautilla comme un coq qu'on éloigne pour se dépêcher de réduire l'écart qui s'était creusé entre le garde qui le devançait et lui.

— Cet homme est fou ! dit le brigadier.

Son second se retourna et leva la lampe au niveau du visage de Meka qui le détourna aussitôt dans la zone obscure.

— Par ici ! tonna le garde.

Ils contournèrent la véranda puis arrivèrent devant une petite porte faite du bois d'une caisse à vin. Le second éclaira le brigadier qui se pencha sur le cadenas. Il ouvrit la porte toute grande. Meka avança sur le seuil puis se retourna vers les gardes.

— Dieu vous voit ! lança-t-il.

Le garde lui décocha un coup de pied qui lui fit perdre l'équilibre et le précipita à l'intérieur. La porte se ferma violemment sur ses talons. Meka se retrouva dans les ténèbres de la création. Il avança devant lui, les bras tendus comme un somnambule jusqu'à ce qu'il sentît un mur au bout de ses doigts. Il s'y adossa puis se laissa glisser sur le sol. Il se passa la main sur le visage, puis, d'étonnement, battit ses paumes et se caressa les commissures des lèvres. Il resta ainsi tandis que ses yeux cherchaient vainement à s'habituer à l'obscurité. Un moustique susurra à ses oreilles. Tout à ses pensées, Meka ne fit aucun geste. Jamais il ne s'était ainsi trouvé face à face avec lui-même. Il ne savait comment capter les pensées et les images qui bondissaient dans sa tête. Il demeura longtemps le menton dans le creux de la main puis tout à coup cria :

— Mon Dieu !

Il se passa la main sur le crâne et sur les joues. Il entendit le crépitement des gouttelettes d'eau sur le ciment. Il poussa un long soupir au bout duquel il murmura encore « Mon Dieu ! ». Il écarta les bras tout en hochant la tête à droite et à gauche puis prit son front dans ses mains. Il se sentait très las. Tout le subjuguait dans les ténèbres, les moustiques qui l'assourdissaient, cette salle nue et froide comme la morgue où il se sentait gelé comme un cadavre. Et puis surtout les événements de la journée dont les images le noyaient littéralement. Il s'allongea sur le sol pour calmer son lumbago.

— Quelle honte ! dit-il tout haut. Quelle honte !

Il se leva et s'adossa encore contre le mur puis se laissa à nouveau glisser à terre. Il allongea ses jambes.

— Pauvres de nous ! dit-il.

Dehors, un oiseau de nuit cria. Meka se sentit très malheureux. Ce cri lugubre lui rappela son lit de bambou et le grand feu que faisait Kelara pendant les nuits pluvieuses. Il aimait alors entendre le crissement de la pluie sur le raphia du toit pendant que ses paupières s'appesantissaient de sommeil. Il glissait son bras sous la nuque de Kelara qui lovait alors ses cheveux tressés dans le creux de son épaule. Des larmes lui vinrent aux yeux.

— Pauvres de nous ! gémit-il encore. Pauvres de nous... répétait-il en haletant.

Il voulut saisir une épaule invisible comme

il en avait l'habitude quand il voulait se confier, mais son geste lui fit perdre l'équilibre.

— L'homme est seule au monde ! monologuait-il en calant de son mieux ses fesses contre le mur.

Il prit son front dans ses mains. Comment lui, le descendant des grands Meka, « les Souches-immuables-sous-l'orage », les « Rivières-qui-n'ont-pas-peur-de-la-forêt », les « Serpents-pythons », les « Rocs », les « Fromagers », les « Eléphants », les « Lions », le fils de ceux-là mêmes qui n'avaient jamais ployé sous la force d'un autre homme, lui qui avait le culte de l'amitié, comment pouvait-on le traiter ainsi, comme s'il avait été... il ne savait quoi !

Meka était en proie à des sentiments contradictoires. Il savoura à l'avance les excuses que lui feraient les gardes devant Gosier d'Oiseau. Il imagina la scène. On le pousserait devant le Blanc comme on le fait d'habitude aux personnes dans sa propre situation. Il garderait un moment la tête baissée pour mieux préparer l'effet de la surprise, puis il planterait son regard comme un poignard dans le visage du Blanc. Il blêmirait, Gosier d'Oiseau. Ah ! les pauvres gardes ! qu'est-ce qu'ils prendraient... en bafouillant des excuses ! Mais lui, Meka, les accepterait-il ? Car leur méprise était inadmissible, grotesque. Au fond, depuis Jésus, les policiers étaient des chiens dégénérés. Ils n'ont plus de flair pour distinguer un Dieu, un honnête homme d'un bandit. Bah ! c'étaient de pauvres types ! A quoi bon leur en vouloir.... Et Meka esquissa dans l'obscurité le geste ample qu'il ferait de sa main pour leur pardonner en les vouant intérieurement à tous les diables !

Le mépris pour les gardes, que lui donna son

innocence, le calma. Mais bon Dieu ! à quoi servait-il d'être innocent et humble dans ce monde où la vertu et l'honnêteté ne payaient plus ? et où l'homme était devenu impersonnel comme un grain de sable dans le désert ! Meka se sentit très vieux. Mais, bon sang, il n'était pas encore au cimetière ! Dans sa jeunesse, jamais ses omoplates n'avaient touché la poussière sous la force d'un autre homme, et ça, il allait le montrer au garde. Il se dirigea vers la porte de la cellule. Surpris de la trouver fermée, il l'ébranla à coups de pied.

— Esclaves des incirconcis ! hurla-t-il. Ouvrez ! ouvrez ! pour voir le vrai Meka !... Salauds ! Oserez-vous me regarder ? Jamais mes omoplates n'ont touché la poussière sous la force d'un autre homme ! O fils de putains !

Tout en débitant ces propos, Meka allait et venait dans l'obscurité. Il mettait un genou en terre, tendait le bras droit à l'invisible adversaire, comme lorsqu'il défiait les hommes à la lutte dans son jeune temps. Il remuait ses épaules et criait à faire sauter le toit de tôle. Il éclatait de rire, d'un rire démentiel qui faisait tressauter son torse et recommençait à abreuver d'injures les gardes.

Cela dura jusqu'à ce qu'il sentît la sueur perler sur son visage. Il s'aperçut ensuite que ses vêtements avaient séché. Il voulut encore crier mais sa voix s'en était allé. Il parlait comme ces lépreux dont la voix éteinte ressemble au bruit de l'air qui s'engouffre dans un orifice béant. Il murmura encore quelques injures à l'adresse des gardes puis, craignant de perdre complètement la voix, il se tut. Il s'accroupit sur ses talons et ensuite se laissa choir sur le ciment. La fraîcheur qu'il ressentit lui fit du bien.

— Salauds ! susurra-t-il encore.

Il s'endormit avec l'idée qu'il assommerait

le premier garde qui lui ouvrirait la porte le lendemain.

Meka eut honte en s'apercevant qu'il avait dormi profondément.

— Le corps ne nous appartient pas... dit-il à voix haute. Pauvres de nous !

Il fut heureux de constater que sa voix était revenue. La matinée devait être avancée car le jour pénétrant à travers les fissures de la porte et l'espace libre entre le toit de tôle et les murs de la cellule avait complètement chassé les ténèbres. La chambre où on avait enfermé Meka était entièrement nue. On avait repeint les murs pour cacher les dessins obscènes que Meka parvint à reconnaître à travers la mince couche de chaux. C'était donc ça, la cellule du poste de police ! Une cage pour animal ! Comment pouvait-on ne pas même prévoir au moins un tabouret pour les détenus ? Meka sentit quelque chose lui monter à la gorge. Ses yeux flambèrent. Il se fit violence pour ne pas mettre genou en terre. Il retroussa son pantalon et les manches de sa veste kaki. Il commença à faire des mouvements d'assouplissement, comme un boxeur avant le premier coup de gong. Ses os se mirent à craquer puis, quand il n'entendit plus rien, il alla coller le nez contre l'une des fentes de la porte et attendit.

Le cœur de Meka battit un grand coup quand il entendit quelqu'un manipuler la serrure de l'extérieur. Meka recula d'un pas et s'affola en constatant qu'il n'avait rien préparé pour Gosier d'Oiseau. Quand on ouvrit la porte, Meka était adossé contre le mur, les bras croisés sur la poitrine.

Le garde, que Meka reconnut à sa stature massive, le regarda, amusé, puis se dirigea pesamment vers lui. Meka voulut faire un pas de côté mais tout son corps paraissait accablé d'un poids énorme. Quand le garde fut à sa portée, il l'empoigna par le col de sa veste.

— Dehors ! cria-t-il, on va voir Gosier d'Oiseau.

Meka sentit un tremblement le secouer des pieds à la tête. Comme en rêve, il saisit le bras du garde, oui, comme il empoignait la tête des porcs-épics qu'il trouvait à moitié assommés dans ses pièges... Il sentait ses doigts pénétrer dans la chair molle du gros nègre comme dans la pulpe d'un avocat bien tendre. Le garde bondit de douleur et se dégagea. Meka exploita à fond sa victoire. Il se fit terrible, bien que dans son for intérieur il souhaitât que les choses en restassent là... et puis ce gros gaillard aurait bien pu avoir le dessus. Néanmoins, il mit un genou en terre et invita le gros garde à lutter.

— Hier soir, tu étais le plus fort parce que je n'avais pas compris ! lui lança-t-il. Maintenant, si tes couilles ne sont pas de sable, réglons ça ici, sans témoins...

Le garde demeura perplexe. Il fit un pas vers Meka qui recula pendant que le garde faisait lui-même trois pas en arrière. Meka le traita de fils des règles. Le garde alerta ses collègues d'un coup de sifflet.

Meka se sentit aussitôt enlevé du sol par une poignée de chéchias rouges, hissé sur des épaules. Quelqu'un lui passa des menottes. Il voulut crier, mais l'honneur d'avoir été assailli par tant de gardes le laissa muet. On le malmena jusqu'au bureau de Gosier d'Oiseau qui sortit sa cravache et la promena deux, trois, quatre, dix fois sur les épaules de Meka. Il cracha sur le visage de Meka puis éloigna ses gardes. Il appela le brigadier.

— Quel est cet énergumène ? demanda-t-il.

Le garde claqua les talons et porta machinalement la main à la visière de son képi. Ce formalisme parut énerver Gosier d'Oiseau qui, tout rouge, demanda de nouveau ce qui se passait. Le garde avala sa salive puis, mettant toute sa rancune dans le regard qu'il jeta à Meka, dit d'un seul trait dans son parler elliptique que « lui — désignant Meka du doigt — pas rien, pas papiers, pas d'éclairage... »

Gosier d'Oiseau s'approcha de Meka et fut un peu décontenancé par le regard d'innocence violée du vieux Noir. Il se gratta la tempe du bout de son fouet puis éloigna les gardes. Il essaya de provoquer le sourire de Meka en riant le premier. Meka resta de marbre. Il regarda Gosier d'Oiseau des pieds à la tête puis fixa l'horizon. M. Varini lui posa la main sur l'épaule. Meka baissa la tête tandis que ses mâchoires gonflées de rage saillaient drues sous la peau de ses joues creuses. Gosier d'Oiseau le secoua. Meka ondoya puis siffla d'impatience entre ses dents. Gosier d'Oiseau lui passa la main sous le menton et releva la tête du Noir qui fixait obstinément le sol. Meka ferma les yeux. Gosier d'Oiseau le relâcha. Meka laissa sa tête rouler sur sa poitrine. Gosier d'Oiseau appela un interprète.

— Qu'est-ce qu'il a ? demanda-t-il.

L'interprète fit une moue embarrassée puis haussa les épaules. Gosier d'Oiseau dodelina de la tête et se caressa encore la tempe avec son fouet, puis il parla à l'interprète. Quand il eut terminé, le jeune homme posa sa main sur le bras de Meka. Celui-ci remua les lèvres puis lui jeta un regard absent. L'interprète ne se découragea pas. Il traduisit longtemps en mvema ce que lui avait dit le Blanc. Quand il eut fini, Meka se passa la main sur les lèvres puis, tout en regardant fixement devant lui, dit à l'interprète :

— Je me sens très las, si las que je ne trouve rien à dire à Gosier d'Oiseau. Qu'on fasse de moi ce que l'on veut... Puisqu'il me demande qui je suis, dis-lui que je suis le dernier des imbéciles, qui hier croyait encore à l'amitié des Blancs... Je suis très las, qu'on fasse de moi ce que l'on veut...

Meka pinça ses narines, inspira puis passa le revers de sa main sur le bout de son nez. Au fur et à mesure que l'interprète traduisait, M. Varini regardait singulièrement Meka. De temps en temps, il jetait un regard ennuyé sur les gardes qui contemplaient l'interrogatoire de l'autre bout de la véranda. Quand l'interprète eut terminé, le commissaire appela le brigadier. Ils disparurent dans son bureau.

Meka ne s'était même pas retourné. Il se retrouvait quelques années en arrière. C'était l'époque où le village de femmes de son terrible grand-père s'étendait là-bas, au-delà de toutes les maisons de Blancs qu'il voyait devant lui. Que restait-il du village des grands Meka, ceux-là mêmes qui dans ce pays étaient des hommes et des vrais ! Une ombre de tristesse passa sur les yeux de Meka. Il soutint son menton de sa main gauche.

« Il faut savoir durer sur cette terre, pensa-t-il. C'est une chance parfois pénible... Qui aurait pu penser que les maîtres d'hier seraient les esclaves d'aujourd'hui ? Les « Meka »..., murmurait-il, les « Hommes-lions », les « Hommes-tonnerre », les « Hommes-ciel », les hommes qui incarnaient la puissance et dominaient le ciel et la terre dans cette contrée... »

Meka ferma les yeux. Il revit son premier Blanc. Quel âge avait-il à l'époque ? Il ne sut le déterminer. Il se souvint que sa mère l'emmenait encore à la rivière où se baignaient les femmes du village. Il était encore l'homme miniature dont la présence n'intimide pas une femme nue. Sa mère le laissait patauger près de la berge où l'eau n'arrivait pas à la cheville, puis elle le reprenait sur son dos pour rentrer au village.

La nuit se fit sur les souvenirs de Meka aux environs de cet âge-là. Il pensa à sa circoncision puis à la fièvre qui avait agité la contrée au moment même où sa blessure se cicatrisait. Les tam-tams résonnaient du matin au soir et du soir au matin. On parlait de la présence d'un homme fantôme dans le pays. Il était blanc comme la chaux, avait des yeux de panthère et de longs cheveux comme la crinière d'un cheval. On se préparait à lui faire la guerre. Meka se souvint du regroupement général qui s'était fait dans la case à palabres de son grand-père. On aiguisait les lances et les coupe-coupe, on taillait les sagaies de bois ; on enduisait les fléchettes d'arbalète de strophantus. Les hommes s'enduisaient le corps d'onguents qui devaient les rendre invulnérables. Puis ce fut le grand départ vers les environs du fleuve des deux Caïmans. Meka, comme tous les garçons restés avec les femmes, prenait au sérieux sa récente qualité d'homme. Cela amusait beaucoup sa mère de l'entendre demander à manger d'une voix qu'il voulait rendre grave en avalant l'air. Après la petite saison des pluies, ce fut le retour des grands. C'était un retour triomphal, cadencé par le tam tam et les « yo ! yo ! » des femmes. On avait arrêté l'homme fantôme. On l'attacha au palmier du village.

Meka rouvrit les yeux et essaya de retrouver l'endroit. Le dôme de verdure du grand manguier de l'hôpital lui barrait la vue. Il referma les yeux. Tout bondissait maintenant dans sa tête. L'homme fantôme qu'on avait achevé en s'apercevant qu'il était vulnérable, son crâne qui avait échu à son grand-père en tant que grand chef des Mvemas et qu'on avait donné à Meka lorsqu'il avait tué sa première panthère.

— Je n'ai pas peur des Blancs ! dit-il tout haut.

Il pensait à ce crâne d'Allemand. Il l'avait jeté dans une rivière le jour de son baptême.

— Le jour où je suis devenu un esclave ! dit-il tout haut.

Un grand éclat de rire venant de l'autre bout de la véranda suivi ces mots. Meka aperçut les gardes qui se tenaient les côtes tout en lui lançant des coups d'œil narquois. Il fit un pas. Le rire se figea sur les lèvres des gardes. Meka les regarda d'abord avec une haine profonde puis elle s'évanouit avec le long soupir qu'il poussa. Il se regarda avec pitié, hocha la tête et leur lança :

— Pauvres de nous !

Il les oublia. Un interprète vint l'appeler. Meka trouva un Gosier d'Oiseau ennuyé, qui lui tendit une main hésitante puis se ravisa et sortit son paquet de cigarettes — toujours les cigarettes. Il en offrit une à Meka et, voyant qu'il ne bougeait pas, il lui enfonça la cigarette dans la bouche. Il lui donna du feu.

— Fume, fume ! ne fâche pas le Blanc, lui dit l'interprète en mvema, tu pourras penser tout ce que tu voudras de lui loin d'ici... Ne fais pas de bêtise, ton cas est arrangé !

La bouche de Meka trembla. Il porta avidement la main à sa cigarette et l'enfonça jusqu'à ce qu'il la sentît dans la fente qu'il avait taillée entre ses incisives supérieures. Ses joues se creusèrent et un nuage de fumée jaillit de ses narines et des commissures de sa bouche. Il pensa à la chambre nue où il avait passé la nuit puis à Kelara et au bon feu de sa case.

Gosier d'Oiseau lui sourit. Il arracha la cigarette de sa bouche et lui sourit à son tour. Le Blanc parla longtemps à l'interprète. Quand il eut terminé, l'interprète traduisit :

— Le Blanc a dit beaucoup de choses et si je me mettais à te traduire tout cela, nous passerions la nuit... Tout ce que je peux te dire, c'est que tu vas retourner chez toi... et qu'on va te commander une autre médaille. Tu as de la chance d'avoir été reconnu par ce Blanc, et dans l'avenir, songe à prendre une lampe pour venir en ville la nuit. C'est tout.

Gosier d'Oiseau sourit encore à Meka qui fendit maladroitement sa bouche jusqu'aux oreilles. Gosier d'Oiseau lui tendit la main. Meka hésita. Il regarda ses mains et celles du Blanc. Il fit un sourire gêné.

— Poto-poto ! dit-il en regardant tour à tour ses mains ocre de boue séchée et Gosier d'Oiseau... Je ne veux pas salir le Blanc.

— Qu'est-ce qu'il raconte ? demanda le Blanc à l'interprète.

— Il dit que ses mains sont boueuses, traduisit l'interprète.

II

Lorsque Meka ne vit plus le toit de la Résidence, il ralentit le pas. Il était au pied de la
colline limitrophe. Devant lui, les toits des
cases du quartier indigène émergeaient comme
des archipels de l'océan de brume qui allait
engloutir Doum jusqu'à la fin de la semaine.
Meka éprouvait une impression curieuse.
Sans être tout à fait allègre, il se sentait
heureux, bien qu'une peur rétrospective l'obligeât de temps en temps à regarder derrière
lui. A chaque pas qu'il faisait vers le quartier
indigène et à mesure que le toit de la Résidence
s'estompait, fondait le poids indéfinissable
dont Meka était accablé. Quand il se sentit
aussi léger qu'une volute de fumée, il arracha
une touffe de feuilles de citronnelles du bord
de la route, il les malaxa dans ses puissantes
paumes puis les frotta sur ses dents. Il cracha

tout et allongea sa lèvre inférieure qu'il super-
posa à sa lèvre supérieure puis souffla. Il
arracha une autre touffe de feuilles de citronnelles et recommença la même opération
jusqu'à ce qu'il ne sentît plus sa mauvaise
haleine matinale. Il se lava les mains dans une
flaque d'eau stagnant dans une rigole et se les
passa sur le visage. Il reprit son chemin, fit
le signe de croix et commença la prière du
matin.

Les premiers mots lui revinrent facilement.
Il marchait gravement, les bras croisés sur la
poitrine, les yeux levés au ciel, jusqu'à ce que
son gros orteil butât sur un caillou.

— Tu tomberas sur un bon repas ! lui
lança un passant. Ta matinée commence bien !

Meka jura, fit trois petits sauts et se pencha
sur son orteil. La forme qui avait parlé dans
la brume s'approcha de lui.

— Est-ce grave ? demanda-t-elle.

— J'ai vu pire, répondit Meka en se relevant.
Le passant lui tendit la main.

— Bonne matinée !

— La matinée est bonne ! grommela Meka en
serrant la main qu'on lui tendait.

— Que t'est-il arrivé ? demanda le passant
avec une supplique dans la voix.

— ... les Blancs !... Les Blancs seulement...,
répondit Meka en accompagnant ces mots
d'un geste éloquent.

L'autre hocha la tête.

— Je m'en doutais... je m'en doutais, se
borna-t-il à dire. Qui ne reconnaîtrait pas celui
qui sort de chez Gosier d'Oiseau ! Je m'en
doutais... je m'en doutais...

— Eh oui ! soupira Meka avec une moue
désabusée.

Il tendit à son tour la main au passant qui
la serra gravement. Meka ne trouva rien à

dire. Les mains derrière le dos, voûté comme un levier de piège à porcs-épics, il s'éloigna tout en ressassant son amertume. Il voulut reprendre sa prière, mais, ne sachant plus où il en était quand il avait été interrompu, il fit un geste vague et accéléra le pas.

Au lendemain du 14 juillet et de l'orage, Doum connaissait une véritable désolation. Les indigènes accourus de tous les coins de la brousse avaient disparu comme par enchantement. Ceux du quartier indigène dont les cases n'avaient pas été emportées par l'orage restaient confinés dans leurs demeures. Aucune ombre dans les rues sinon quelques manœuvres qui, trompés par la brume, se hâtaient vers le quartier européen, en peinant sur le sol défoncé.

— Es-tu porteur d'une mauvaise nouvelle ? lui demanda un passant qui fixait la carapace rougeâtre que la boue séchée avait formée sur les vêtements fripés de Meka.

Meka secoua négativement la tête et cria :

— Les Blancs !... Les Blancs seulement...

Il implora l'homme de l'excuser en agitant les mains puis accéléra son pas de canard. Il pensa à Mami Titi. Il rejeta aussitôt cette idée et ses larges pieds prirent le raccourci qui lui permettait d'arriver directement chez lui sans passer par le quartier indigène. Il marchait à petits pas, car la piste était devenue glissante après la pluie de la nuit. Quand la forêt se referma sur lui, il poussa un soupir et se mit à caresser les herbes et les arbustes du chemin encore humides. Un rat-panthère[1] s'échappa d'un fourré, traversa la piste à toute allure et disparut dans un buisson.

1. Espèce de rat zébré.

— Le rat-panthère court sur la piste... Il sait où il va, dit tout haut Meka.

C'étaient les paroles rituelles qu'on lui avait appris à prononcer s'il apercevait un rat-panthère afin de ne pas perdre son chemin.

— Dirai-je encore que mes ancêtres ne m'avaient pas prévenu ? Hier, je n'ai pas vu de rat-panthère... Comment ai-je pu me rendre à Doum sans avoir aperçu de rat-panthère ?

Son gros orteil buta encore sur une racine.

— Je tomberai décidément sur un bon repas ! dit-il.

Il accéléra encore le pas. Il fonçait comme un pachyderme en déplacement. La forêt craquait autour de lui. La piste avait presque disparu sous la tourmente. Des arbres s'y étaient abattus, écrasant des arbustes et formant ainsi de véritables barricades sur le chemin de Meka. Mille mains feuillues s'agrippaient à ses vêtements en l'arrosant. Meka écartait les herbes, les branchages, sautait d'un tronc d'arbre à l'autre ou glissait comme un serpent à ras de terre par l'espace que laissait parfois un arbre abattu qui n'obstruait pas complètement la piste. Il se retrouva dans une clairière.

Il se soulagea sur les herbes qui, arrosées de l'urine de l'homme, lui redonnaient sa virilité première. Un peu plus loin, il attacha deux feuilles d'essessongo, conjurant ainsi le mauvais sort. Un oiseau lui envoya ses excréments sur le crâne.

— Quelle chance ! dit Meka en se passant la main sur la tête pour mieux y écraser la fiente céleste.

Une tourterelle volant de buisson en buisson le rasa de ses ailes puis elle alla se percher sur une grosse racine de palétuvier qui barrait la piste.

— Compagnon de route! dit Meka à l'oiseau comme s'il se fût adressé à un homme. Quelle bonne nouvelle m'apportes-tu?

L'oiseau s'envola, tournoya au-dessus de la tête de Meka et y laissa encore tomber un peu d'excrément. Cette fois, Meka voulut se fâcher, mais comme la chance pleuvait sur son crâne, il se ravisa.

— Chance! dit-il quand même.

Toutes ces superstitions avaient rejailli dans son esprit, balayant comme un raz de marée des années d'enseignement et de pratique chrétiens.

L'odeur de bois mort, de sous-bois grouillant, de terre humide, de toutes les émanations sylvestres des lendemains de grande pluie imprégnaient l'atmosphère. Ces senteurs rafraîchissantes comme une liane à eau évoquaient les chasses à courre, le porc-épic qu'on traque avec un petit feu allumé à l'ouverture de son terrier, la sagaie qu'on enfonce adroitement entre les côtes de l'antilope, le phacochère qui détale de sa bauge, le feu de brousse qu'on allume avec la palme séchée du dernier dimanche des Rameaux pour avoir une bonne récolte... toute la vie du terroir africain qui avait manqué à Meka depuis qu'on l'avait convoqué pour la médaille de l'amitié. Déjà il observait les traces que les animaux laissaient sur l'herbe. Il fut heureux de constater que les antilopes abondaient dans cette partie de la forêt, qu'il baptisa aussitôt « La forêt du retour ».

Le cri d'un coq lui parvint. Meka sauta encore quelques troncs d'arbre et se retrouva dans sa plantation de cacaoyers qui s'étendait derrière sa case. Ce fut avec émotion qu'il sentit ses pieds fouler le tapis de feuilles mortes et trempées. Le bruit mat de ses pas alerta néanmoins les poules qui grattaient dans un tas d'immondices. Une bande de chèvres se dissémina à son approche. Les poules caquetèrent. Un chien aboya et vint à petits sauts au-devant de Meka.

— Mendômo ! Mendômo ! appela Meka en faisant claquer ses doigts.

Le chien s'arrêta. Il fit plusieurs « Pffhh » et s'éloigna vers le village en recommençant à aboyer. C'était le chien du cuisinier du prêtre. L'animal avait déserté la Mission pour le village et trouvait sa pitance au hasard de la générosité des villageois.

— La sale bête ne me reconnaît plus ! fulminait Meka. Si je te vois encore dans ma case !...

Meka contourna son buisson-W.C. Il sourit quand il vit que la truie qui l'attendait tous les matins avait prolongé leur rendez-vous. La pauvre ! Il feignit de s'accroupir comme à l'ordinaire. La truie se dandina en s'approchant de lui. Elle passa devant Meka et alla attendre un peu plus loin en se mettant en travers de la piste. Meka demeura interdit. Où avait-il vu ce profil ? Il hoqueta d'un rire qui l'arracha du sol. « Le monde vint vraiment de Dieu... » se disait-il.

Il se passa la main sur le front comme il le faisait lorsqu'il était en proie aux caprices de sa mémoire. Il fit un pas vers la truie qui s'éloigna en grognant. Meka se mit encore à rire.

— Je vois, haleta-t-il. Comment n'y ai-je pas pensé plus tôt ? Ce profil est bien celui du Chef des Blancs... Le monde vient vraiment de Dieu, répétait-il, on ne peut pas dire que ce n'est pas le même ouvrier qui a fait le Chef des Blancs et ce cochon...

Meka continua à rire dans sa gorge et se dirigea vers sa case. Seule, la sienne et une dizaine d'autres avaient résisté à la tornade. On eût dit qu'un bataillon de bulldozers était passé sur ce village. Ce n'était plus qu'un champ hérissé de monumentales mottes de terre. Les villageois, armés de coupe-coupe, de *dabas*[1], de pelles, s'affairaient dans les décombres d'où ils s'évertuaient à extirper leur mobilier. Hommes, femmes et enfants fouillaient dans les tas de *poto-poto* qui, hier encore, étaient des cases. Pilons et mortiers de bois, cuvettes émaillées, seaux à eau, vieilles malles noircies par la fumée, moustiquaires de même couleur à moitié dévorées par les termites et maculées de sang de moustiques, vieilles images de saints noires de suie, grosses pierres à écraser l'arachide, pieds de lit en bois de parasolier, vieilles caisses à essence, touques à pétrole, savates, magazines d'avant-guerre, nippes de toute sorte, sacs d'arachides, de sel, toute cette pauvreté hétéroclite, rassemblée par petits tas, jonchait la cour. Elle était devenue aussi le lieu de rendez-vous d'une partie de la volaille du village qui dévorait à grands coups de bec cancrelats, scolopendres et araignées qui s'échappaient des meubles en détalant.

Meka pénétra dans la cour.

— Voilà Meka ! cria quelqu'un.

— Où est-il ? demanda un autre.

— Le voilà !

— Me voici ! cria Meka.

A ces mots, la foule fut frappée de saisissement. Les hommes lâchèrent leurs coupe-coupe puis, après avoir dénoué et renoué leur pagne, se passèrent la paume sur les lèvres d'étonnement.

Mvondô, le neveu de Meka, courut à lui. Il

---

1. Dabas : binette coloniale.

était inutile de demander si un malheur était arrivé à Meka qui, au milieu des siens, avait retrouvé sa mine dramatique des veillées mortuaires. Cela allait bien avec ses vêtements dégoûtants. On l'aurait confondu avec ces mendiants déguenillés que le Père Vandermayer chassait aux environs de son église.

Mvondô poussa un cri terrible en prenant la main de Meka.

— Que t'est-il arrivé ? Que t'est-il arrivé ? demandaient les villageois qui s'étaient groupés autour de lui.

— Les Blancs ! Les Blancs seulement... répondait Meka.

Ces paroles étaient lâchées avec une moue qui en disait long. Meka devint aussitôt l'objet d'une attention particulière. Quelqu'un glissa sa tête entre les jambes du mari de Kelara pour le porter sur ses solides épaules bien que Meka fût à deux pas de sa case.

— Merci, Bomo, dit Meka, avec une petite voix de moribond. Je me suis traîné jusqu'ici, je peux bien ramper jusqu'à mon lit...

Il se fit perclus. Des bras l'aidèrent à marcher.

— Je n'en peux plus, geignait Meka. Ces Blancs ont failli me faire tuer... Même si je mourais dans cent ans, je sais que je suis mort dans la prison de Gosier d'Oiseau...

— Dans la prison de Gosier d'Oiseau ? questionna la foule en chœur.

— Dans la prison de Gosier d'Oiseau, répétait Meka avec une voix chevrotante. Au bord du tombeau... dans le froid... J'ai failli mourir de froid et de moustiques... vous savez que j'ai... (il se mettait à tousser) que j'ai la poitrine fra... (il toussa encore) ...giile...

— Pauvre Kelara ! Pauvre Kelara ! se mit à vociférer Amalia qui, après s'être roulée par terre, noua son foulard autour des reins puis,

162

les mains croisées sur la tête, sortit en courant de la case pour prévenir Kelara qui était encore au marigot.

Ses cris allèrent en diminuant derrière la case.

— Engamba est parti à ta rencontre..., dit Mvondô en couchant son oncle. Nous étions convenus que s'il ne revenait pas à l'angélus, je le suivrais...

— Je ne l'ai pas rencontré, dit Meka d'une voix éteinte.

— Il est parti par la grand-route, dit quelqu'un.

— Il est parti par la grand-route, répéta un autre.

Une femme alla chercher du bois sous l'étagère où Kelara rangeait ses ustensiles puis revint alimenter le feu qu'elle avait allumé pour Meka.

— J'ai froid... j'ai très froid... gémissait-il entre deux grincements de dents. Je reviens du chemin qui mène aux fantômes.

Il n'y avait plus de place disponible dans la case de Meka. Les visiteurs et les villageois l'avaient complètement envahie. Massés au chevet de son lit, les hommes, assis par terre, avaient retroussé leur pagne tandis que les femmes pleuraient de toutes leurs larmes en invoquant de temps en temps un saint.

— Meka n'est pas mort ! Meka n'est pas mort ! fulmina Nti qui s'était levé brusquement, oubliant de tirer son pagne sur ses fesses nues. Meka n'est pas mort ! reprit-il en regardant autour de lui.

Il tira enfin son pagne. Une rumeur monta de la foule. La voix de Nti s'éleva de plus belle.

— A force d'avoir les mines que vous avez tous ici, un véritable malheur peut nous arriver... Ne commencez pas votre sorcellerie ici !...

— Nti a raison, renchérit Mvondô. Ils nous l'ont rendu en vie... Louons le Seigneur !

— Ta gueule ! Ta gueule pourrie ! rugit Meka qui s'était soulevé sur le coude. Regardez-moi ça ! continua-t-il, vous autres, vous n'êtes des hommes que par vos paires de couilles !... Les Blancs viennent de se payer ma tête tout en me tuant et toi, tu viens parler de Seigneur ici ! Depuis que tu l'arroses d'eau bénite, tes rides n'ont pas disparu ! Et ça me parle de Seigneur !...

— Meka a raison, approuva quelqu'un. Le Seigneur lui-même a dit que nous devons sauver le corps pour qu'il s'occupe du reste...

— Pour qu'il nous aide à sauver le reste... rectifia quelqu'un.

— Qui est-ce qui parle comme André Obebé ? demanda Meka en se soulevant encore sur le coude.

— C'est lui-même, répondit André. Loué soit Yesou-Christouss...

— F...-moi la paix ! Sors de ma case ! explosa Meka en se levant.

— Tu ne m'as pas l'air d'être dans ton assiette, ironisa André Obebé. Je reviendrai te voir dès que ta tête sera reposée.

Il s'en alla. La panique régnait dans la case. On ne savait ce qui était arrivé à Meka. On ne pouvait pas dire qu'il était encore lui-même. Comment un bon chrétien comme lui ne voulait-il plus entendre parler du Seigneur ?

— Peut-être qu'il agonise, chuchota quelqu'un.

— Peut-être bien, répondit un autre.

Et l'esprit du mal devait bien être dans la case comme cela arrivait souvent à l'agonie des bons chrétiens.

Ces propos furent interrompus par le duo

de lamentations qu'on entendait venir de derrière la case. C'était Amalia qui revenait avec Kelara. Elles psalmodiaient leurs sanglots. Tout le monde se tut pour les écouter.

> — *Oooooo Seigneur !*
> *Des marées de peine*
> *Ont tiré un océan*
> *De mes yeux*
>   *Les malheurs*
>   *Mes cris*
>   *Mes prières*
>   *Ont éteint ma voix*
>   *Ooooooo Seigneur !*
> *Ma foi demeure*
> *Est-ce là mon péché ?*
>   *Oooooo Seigneur !*
> *Tu as repris mes enfants*
> *Avec peine je t'ai loué*
>   *Oooooo Seigneur !*
> *Je ne suis*
> *Qu'une pauv' négresse*
>   *Oooooo Seigneur !*
> *Laisse mon vieil imbécile*
> *Mon vieux python noir*
>   *Oooooo Seigneur !*
> *Ma foi demeure*
> *Est-ce là mon péché ?*

D'autres cris leur répondirent de l'intérieur de la case. Un hurlement monocorde partit en crescendo, faisant trembler la terre sous les fesses nues de visiteurs. Tous braillaient, ne s'interrompant que pour cracher ou pour se moucher bruyamment.

Soutenue par Amalia, Kelara pénétra dans la case. Quelques visiteurs s'écartèrent pour lui permettre de rouler par terre. Ce qui ne tarda pas. Elle s'abattit avec une promptitude d'éclair. Elle roulait de l'étagère au chevet de Meka et du chevet au fond de la case où dormaient les poules. Elle agitait les pieds et les mains, rampait, s'agenouillait, s'allongeait encore, soufflait, crachait, déchirait sa robe en dévoilant son vieux corps, criant de plus belle, ne se relevait que pour s'abattre de nouveau sur le sol avec une violence accrue. Amalia l'imita ainsi que d'autres femmes. Les hommes, l'œil brillant, suivaient ce spectacle tout en réclamant mollement le silence. Tous les regards convergeaient sur la femme d'Essomba qui n'avait plus sa robe et qui, tout en roulant par terre, lançait violemment ses jambes en l'air.

Meka, comme un cadavre, était couché sur le dos, les mains croisées sur la poitrine, les yeux perdus vers le raphia du toit. Quand Kelara roulait jusqu'à son chevet, il fermait les yeux puis les rouvrait quand il l'entendait pleurer sous l'étagère. Mais quand c'était le tour de la jeune femme d'Essomba de venir se tortiller à son chevet, Meka, en un éclair, se retournait et, de biais, lui lançait un bref coup d'œil.

Le spectacle se termina quand les femmes exténuées, s'allongèrent à côté du feu, couchées comme un troupeau d'alligators au bord d'une rivière. De temps en temps on entendait un petit gémissement de Kelara dont la voix éteinte reprenait sa psalmodie où, après avoir comparé son mari à tous les géants de la nature, se demandait qui allait maintenant lui apporter des porcs-épics.

Nti se leva encore bien que personne ne pleurât plus.

— Je vous demande de vous taire, dit-il en tirant son pagne qui était entré cette fois-ci dans la rainure de ses fesses. Nous avons beaucoup pleuré, continuons à pleurer... mais dans nos cœurs... C'est la vie.

Il dénoua sans vergogne son pagne et le

renoua, puis tendis son bras vers Meka et reprit :

— Quand Kelara pleurait hier, parce qu'un enfant, et un enfant pourri celui-là, avait dit que Meka avait vendu nos enfants pour la médaille, je lui avais dit qu'il n'y avait pas lieu de tenir compte de pareils propos, car je vous demande, vous tous qui êtes ici...

Il regarda tout autour de lui en faisant un geste vague.

— ... vous tous qui êtes ici, est-ce qu'il y a vraiment quelque chose qui vous appartienne au sens où l'entendaient nos ancêtres depuis que les Blancs sont dans ce pays ?

— Nooooooon ! non ! répondit l'assistance.

— Quoi donc ? reprit Nti. Qu'est-ce qui se passe ? Le Blanc a-t-il un frère dans cette assistance ?

— Noooooooooon ! repartit toute l'assistance avec encore plus de force. Non !...

Nti se rassit.

— Si pour les Blancs il n'y a pas d'homme mûr parmi nous, dit Essomba en se levant, moi, je me permets de dire que les paroles de Nti sont celles d'un homme mûr, et elles pèsent plusieurs tonnes !...

— C'est ce que j'allais dire, dit Bomo, en interrompant Essomba. Les affaires sont comme elles sont...

— Et ont leurs responsables, termina l'assistance en chœur.

— Et se font comme elles doivent se faire, reprit Essomba. Aïe ! Nos ancêtres ! Ils nous ont abandonnés ! Depuis qu'ils sont partis, quelle indifférence ! Ils ne se soucient pas de nos malheurs, dans leurs tombes !

— Quelle indifférence !... répéta l'assistance en chœur.

— Je ne sais plus où vont les Blancs !

poursuivit Essomba. Rien de ce que nous vénérons n'a d'importance à leurs yeux. Nos coutumes, nos histoires, nos remèdes, nos hommes mûrs, tout cela c'est comme les affaires de leur boy... Et maintenant ils nous tendent des pièges comme aux rats... je me demande où ils vont...

— Ça, c'est de la lâcheté ! renchérit Bomo qui n'avait pas eu le courage de se lever tout à fait et qui restait plié en deux.

— Je répète que c'est de la lâcheté ! s'enflamma-t-il. S'il faut attirer les gens en prison en leur promettant une médaille, je trouve que c'est le coup de couteau derrière l'oreille...

— Mais enfin quoi ? rugit Nti. Vous parlez des Blancs comme si c'étaient des gens du village voisin ! Qui a un visage rouge et est incirconcis parmi vous ?

— Personne ! Personne ! Personne ! répondit l'assistance.

— Quoi donc ? reprit Nti. Vous semblez étonnés de ce qui nous vient des Blancs comme s'ils nous ressemblaient !

— Ça, c'est parler ! C'est parler comme un homme mûr ! reprit l'assistance en chœur. Le chimpanzé n'est pas le frère du gorille.

— O mes aînés ! dit timidement Mvondô qui, les yeux baissés, tripotait le nœud de son pagne. Je sais que je n'ai pas droit à la parole parmi vous mais j'ai déjà mangé des boyaux de mouton...[1].

— Qui est-ce qui lui a permis d'en manger ? fulmina quelqu'un en l'interrompant.

— Ça, c'est une honte ! c'est une honte ! protesta l'assistance.

Une rumeur hostile monta de la foule.

---

1. Il n'y avait que les hommes mûrs qui devaient en manger.

— La jeune tortue est-elle vieille parce qu'elle est ridée ? Qui t'a permis de manger les boyaux de mouton ? demandait-on au pauvre Mvondô.

Les commentaires fusaient de toutes parts. Où allait ce village si, même les petits, ceux qui hier encore couraient tout nus, se permettaient d'en manger ! Et cela sans le consentement du clan ! On demanda le nom du propriétaire du mouton dont Mvondô avait mangé les boyaux, bien que tout le monde pensât à Meka. Et puis, à quelle époque avait-on mangé ce mouton ? On s'indignait. Ainsi il y avait des gens qui faisaient les Blancs dans ce village ! Quelle honte ! Manger un mouton entier en cachette et autoriser les petits à en manger les boyaux sans en avertir le village !

— O tous les Mvemas ! tonna Nti.

— Yéééé é é é é é é...! répondit l'assistance.

— Qu'y a-t-il ? Je vous demande ce que vous avez tous à parler comme ça, comme si vous aviez vos anus béants !

Ces paroles établirent le silence.

— Nous sommes ici pour mourir de rage ! Je dis mourir de rage parce que ces incirconcis cette fois-ci ont exagéré. N'êtes-vous pas atterrés par toutes ces misères que nous font les Blancs ?

— Atterrés ! atterrés ! atterrés ! scanda l'assistance.

— Si Mvondô mange des boyaux de mouton sans votre consentement, il ira chercher un bélier au village de ses oncles paternels. Ils ne peuvent le lui refuser...

Il se tourna vers le coupable :

— Quelle espèce de gourmandise est la tienne ?

Mvondô répondit par une injure muette en

décochant une œllade sur les pieds enflés de Paul Nti.

Néanmoins ce dernier, abusant de son droit d'homme mûr, continua à l'admonester.

— Tout le monde sait que les rides sont l'apanage de la vieillesse mais les tiennes, je ne leur donne pas d'autre cause que ta gourmandise !

— Yééééé é é é é é..., approuva la foule.

— Rien que ta gourmandise ! continua Nti avec véhémence. Et tu as le toupet de venir l'avouer ici ! Tu vas dire ici, devant tout le monde, que tu iras chercher un bélier chez tes oncles paternels pour que nous puissions cracher sur ton visage[1]...

Mvondô promit... puis se retira en cherchant vainement les pieds de Nti ; il les avait cachés en s'asseyant sur ses talons à l'intérieur de son pagne qu'il avait laissé flotter jusqu'à terre.

Meka poussa un gémissement. Sa femme lui répondit. Les pleureuses s'animèrent mais, n'en pouvant plus de fatigue, se bornèrent à pousser des râles en dodelinant de la tête.

Nti se leva derechef.

— Nous avons beaucoup pleuré, commença-t-il. Si les larmes ne ressuscitent pas les morts, celles que nous avons versées ici ne sont pas inutiles...

— Nti a raison, approuva quelqu'un.

— Je dis qu'elles n'auront pas été inutiles parce que ce qui est arrivé à l'homme mûr appelé Meka nous est arrivé à tous par lui...

— A nous tous ! A nous tous !

Ces mots volèrent de bouche en bouche.

— Qui donnera encore dans le piège, les yeux ouverts ? demanda Nti.

1. ... pour le bénir, et le purifier...

— Nous ne sommes pas des porcs-épics !
répondit l'assistance.

Essomba bondit spontanément et, les pieds
en l'air, retomba sur ses mains. Ainsi renversé,
il se mit à onduler le torse tout en pédalant
dans le vide. Des battements de mains
scandaient cette danse qu'on appelle la danse
du caméléon. Il fit ensuite le pont, bondit
comme une balle de caoutchouc et retomba
sur ses pieds.

— Tu es là-dedans ! Ça, c'est danser !...
Quelle jeunesse !... Quel art !... On ne voit pas
ça tous les jours !... Huuuuuuiiiiiiii !
Yaaaaaaaa !

Chacun exprima son admiration à sa façon,
même Meka qui, maintenant couché sur le
ventre, oubliait visiblement qu'il était au plus
mal.

Le danseur commença à parler :

— Les pleurs sont aussi variés...

— Que les oiseaux du bon Dieu ! acheva
l'assistance.

— Je voudrais pleurer à ma façon..., continua Essomba d'une voix chevrotante.

Il se remit à onduler son torse pendant
que l'assistance chantait en cadence en battant
des mains.

— Le caméléon va à deux pattes ! Le
caméléon à deux pattes.

Essomba ondoyait comme une flamme
tremblotante tout en chantant sa strophe
onomatopéique « Hhrrrr ! ». Quand il s'arrêta,
un autre lui succéda.

— Un tam-tam vient du fromager ! cria-
t-il.

— En causant, buvons ! répondit chaleureu-
sement l'assistance.

— Nous commençons à dire des choses
intéressantes, dit quelqu'un.

— C'est le premier mot de la journée... dit

un autre. Que le Blanc vienne encore m'empêcher de l'entendre !

— Qu'il ose ! dit un autre.

Tout le monde se mit à rire.

— Y a-t-il du vin dans cette case ? demanda Bomo dans le silence soudain général.

— Nnnnon, répondit faiblement Kelara. Le prêtre...

On ne la laissa pas achever.

— Le prêtre ! Le prêtre ! toujours le prêtre ! s'indigna l'assistance.

On le traita de grippe-sou, de buveur qui n'invitait personne soit qu'il bût à l'église soit qu'il bût chez lui...

— Que l'un de nous aille chercher du vin de palme ! ordonna Nti.

— Nti a raison ! Nti a raison !

Tous les yeux se tournèrent vers le lit où était allongé Meka. Celui-ci leva un bras vers l'assistance et désigna le dessous de son lit. Nti s'y enfonça comme un chien et en tira une petite corbeille en rotin qu'il présenta à Meka. Celui-ci l'éloigna du revers de la main et d'une voix faible lui dit de prendre ce qu'il fallait. Nti plongea fébrilement sa main dans la corbeille, les sourcils froncés, le sourire aux lèvres. Il en sortit un billet de mille francs et quelques pièces qu'il se mit à faire sautiller dans sa large paume.

— J'ai ici tout ce qu'il faut pour deux dames-jeannes... Qui peut courir vite de l'autre côté du ruisseau ? Il paraît qu'il y a un bon vin chez...

— Chez la femme du chauffeur de Pipinis[1], précisa Nua qui n'avait pas desserré les dents jusque-là.

1. M. Pipiniakis.

Il se leva et tendit la main à Nti qui fronça un peu plus les sourcils.

— C'est toi qui vas chercher le vin ? lui demanda-t-il d'un air peu enthousiaste.

— ...

— Bien ! voici un billet de mille francs, le prix d'une femme il y a cinq ans... et un... (il se mit à compter les pièces dans la main de Nua) deux, trois... soixante francs... Vous voyez tous, dit-il, je remets mille et soixante francs à Nua...

Ce dernier, sans un regard pour Paul Nti, s'en alla en mâchonnant son éternelle noix de kola. Puis les conversations reprirent leur train en attendant le bon vin de palme que Nua était allé chercher de l'autre côté du ruisseau...

III

Enfin le toit de la Résidence se dessina dans la brume. En arrivant au sommet de la colline limitrophe, Engamba se mit à ralentir le pas et à se demander où il allait.

— Je suis fou ! maugréa-t-il. Comment ai-je pu venir jusqu'ici sans être invité par le commandant ? Et puis, si Meka dormait encore chez lui, ce n'est pas l'heure d'aller le réveiller...

Engamba prononçait ces paroles, auxquelles il ne croyait pas du tout, en satisfaisant un petit besoin qu'il avait eu subitement au sommet de la colline. Il renoua son pagne et se demanda encore ce qu'il faisait, lui, paysan de la brousse, en plein Centre administratif à cette heure matinale... Bien sûr, il avait promis à Kelara de lui ramener son mari, fût-il dans la gueule du lion. Mais ces paroles étaient de celles qu'on dit sans y penser. Kelara, ce matin, avait su chatouiller son amour-propre pour le déterminer à entreprendre cette périlleuse aventure où il risquait la prison. Oui, c'était bien ça qu'il risquait car le commandant ne voyait rien d'autre pour les indigènes qui rôdaient dans son quartier sans y être invités. Mais comment aurait-il pu rester indifférent aux paroles de Kelara qui, après avoir rappelé les hauts faits de leur père, s'était indignée que son frère Engamba ne pût parler devant un incirconcis sans avoir envie de satisfaire un besoin. Engamba avait protesté puis, prenant la mémoire de son père à témoin ainsi que la Sainte Trinité, il avait promis à sa sœur d'aller demander au commandant ce qu'il avait fait de Meka à qui il avait donné une médaille.

Maintenant qu'il se trouvait devant le bureau du commandant. Engamba commençait à réaliser la folie de son entreprise. Il y avait des gens comme lui qu'on avait cueillis à la véranda de la Résidence sans qu'on se fût informé des motifs de leur visite. Ils étaient en prison pour un temps indéfini... Aucun indigène n'osait s'aventurer au sommet de la colline limitrophe.

— On ne tombe pas dans un piège les yeux ouverts... dit tout haut Engamba en rebroussant chemin. Nos ancêtres disaient : « Si ton cœur se met à battre en arrivant au terme de ton voyage, rebrousse chemin... »

Engamba commença donc à dévaler la colline au pied de laquelle on apercevait les cases du quartier indigène. Il marcha jusqu'à ce qu'il ne vît plus la colline puis il s'assit sur une borne. Il se couvrit entièrement de son pagne, croqua une noix de kola et attendit le premier passant. Lorsqu'il commença à désespérer, une ombre se dessina dans la brume.

Elle se dirigeait vers le quartier européen.

— O homme qui passe ! cria Engamba quand elle fut à sa portée. Que ta matinée soit bonne !

— O homme ami ! que la tienne soit aussi bonne ! répondit le passant emmitouflé dans une couverture de laine.

Il s'avança vers Engamba.

Engamba lui offrit un quartier de noix de kola que l'autre lança dans sa bouche tout en laissant échapper une nappe de vapeur.

— Les Blancs nous conduiront loin ! commença Engamba. Si à l'heure actuelle, où je devrais être auprès d'un bon feu, je grelotte de froid sur cette borne, c'est que je ne suis plus moi-même...

— Oui... tu n'es plus toi-même... renchérit le passant qui tirait un peu plus les pans de sa couverture. A la maigreur du caméléon, inutile de demander s'il est malade.

— Tout change, dans ce monde des Blancs... poursuivit Engamba. Les hommes sont devenus invisibles comme les esprits et disparaissent comme des pièces d'argent... Celui que je cherche a épousé ma sœur. C'est un homme mûr... un vrai, ô passant, n'aurais-tu pas vu un homme mûr avec une médaille ?...

— Par ma mère ! répondit le passant, je n'ai pas vu l'homme mûr que tu me demandes... mais si je le vois, je saurai que c'est lui à cause de sa médaille... et je lui dirai qu'un autre homme mûr l'attend sur une borne kilométrique.

— Au bord de la grand-route, précisa Engamba.

— Au bord de la grand-route, répéta le passant en lui disant au revoir.

— C'est ça même ! C'est ça même ! s'anima Engamba en lui répétant, jusqu'à ce qu'il disparût, les mêmes propos.

Il s'adressa ainsi aux quelques rares passants qui par cette brume se hasardaient sur la grand-route vers le quartier européen.

Quand Engamba eut terminé la kola qui l'avait fait patienter, il se leva et reprit le chemin du retour. Il avait trouvé ce qu'il allait dire à Kelara. Cela n'avait pas été difficile... On pouvait deviner facilement où pouvait se trouver un homme mûr du rang de Meka à qui on avait donné une médaille la veille et qui avait été invité à la Résidence. Meka était bien de ces indigènes qui avaient le privilège de manger et de boire avec les Blancs... S'il n'était pas revenu au village, c'est que le commandant lui avait trouvé un lit à la Résidence. Il n'y avait donc pas lieu de se faire de mauvais sang.

Tout à ses pensées, Engamba avait repris son pas alerte. Quand il arriva au village, il fut étonné de ne trouver personne dans les décombres de la cour. Une grande animation semblait régner dans la case de Meka. Engamba accéléra le pas tout en se demandant s'il retrouverait sa part au festin qu'on était en train de faire... Il s'encadra à la porte et le cri strident que poussa Kelara lui fit mal au ventre. Les femmes se mirent à pleurer tandis qu'il sentait ses pieds fondre.

— Qu'y a-t-il ? Qu'y a-t-il ? vociféra-t-il à deux reprises pour se libérer de l'angoisse qui l'étreignait.

Seuls, des pleurs lui répondirent. Il se rua dans la case, écrasa quelques pieds et se dirigea vers le lit où était étendu Meka.

— Les Blancs ont failli le tuer ! expliqua Paul Nti qui s'était encore levé les fesses nues. Nous sommes tous venus pour pleurer avec lui...

Engamba s'assit sur le bord du lit de Meka qui poussa un soupir.

— Que t'est-il arrivé ? demanda Engamba, des larmes dans la voix. J'ai été jusqu'à la Résidence, oui, jusqu'à la Résidence, pour savoir ce qui t'était arrivé...

Ces mots provoquèrent un remous dans la foule et Engamba, que tout le monde regarda comme s'il avait eu deux têtes, se dressa au milieu de la case.

— Je viens de chez le commandant, reprit-il, de l'endroit où un homme ne peut mettre les pieds s'il n'a une lourde paire de couilles...

Un murmure accueillit ces mots. Engamba se retourna spontanément vers Amalia dont il avait reconnu le reniflement sceptique. Il poursuivit cependant :

— Je me demande ce que vous fichez tous ici, Meka n'est pas encore mort à ce que je vois !

Il se retourna vers le lit de Meka qui s'étira.

— Nous avons abandonné tous nos travaux pour le malheur qui l'a frappé et qui nous frappe tous. Que diable...

— Nous ne sommes pas des Blancs, pour nous foutre des malheurs des autres... répondit Nti qui maintenant avait tiré son pagne. Nous sommes venus pleurer avec lui, continuait-il.

Nua, une dame-jeanne de vin de palme sur la tête, l'autre dans un panier qu'il portait sur son dos, pénétra dans la case.

— Où va ce vin ? fulmina Engamba.

— ...

Nua se libéra de ses fardeaux au milieu de la case et alla chercher un gobelet sur l'étagère.

— Vous croyez-vous chez un fou ? demanda rageusement Engamba. Quelle espèce d'hommes êtes-vous donc, vous autres ? Meka est allé chercher une médaille chez les Blancs, il en revient moribond et vous en profitez pour le piller !

— Le piller ! Non ! C'est la coutume ! C'est la coutume ! protesta l'assistance.

Nti se leva pour parler au nom de tous.

— Nous en avons assez de tes vieilles fesses ! lui lança quelqu'un.

Tout le monde se mit à rire, même Engamba qui en oublia sa rage. Quand le calme revint, Nti prit la parole :

— Ici, nous sommes tous des Mvemas et nos ancêtres agissaient comme nous en ce moment dès qu'un malheur arrivait. Les Blancs ont failli nous enlever Meka, Meka qui est tout pour nous... Ce ne sont pas des événements qui arrivent tous les jours... S'il nous faut pleurer, nous devons le faire dans la ligne que nous ont laissée nos ancêtres.

— Nti a raison ! approuva quelqu'un.

— Nti est un homme mûr ! renchérit un autre.

— Il dit une chose importante !

— Une chose de poids !

— C'est la sagesse des Mvemas !

— Ce Nti ira loin...

Engamba retroussa bruyamment son pagne en roulant les yeux. Il haleta, courut chercher sa sagaie qu'on voyait dépasser de dessous son lit puis, après avoir frappé trois coups sur le sol, demanda le silence.

— La parole est à Engamba, dit Nti.

— Taisez-vous ! ajouta Essomba. Est-ce qu'il n'y a plus d'homme mûr dans cette case ?

Le silence devint complet après quelques toux. Engamba défonça encore le sol en y assénant un grand coup avec le manche de sa sagaie. Tous les regards se tournèrent vers lui.

— Des hommes mûrs ou des enfants, commença-t-il, je me demande ce qu'il y a dans cette case...

Personne ne réagit à ces mots car on ne

savait pas encore où il allait en venir.

— Au lieu de vous indigner contre le traitement que les Blancs ont infligé à Meka, vous ne pensez plus qu'à boire du vin de palme en débitant des bêtises ! Je me demande quelle espèce de gens vous êtes, vous autres !

Engamba parlait d'une voix ferme, presque neutre, avec une moue méprisante qui faisait remonter le coin gauche de sa bouche presque au niveau de sa pommette.

— Ça, c'est une parole et une vraie ! approuva bruyamment Nua qui s'était déjà payé en nature et qui se léchait les lèvres.

— Ferme cette dame-jeanne que tu as entre tes jambes ! Ferme-la ! Où vous croyez-vous, vous tous ici, hein ? vitupéra Engamba. Avez-vous découvert un cadavre d'éléphant ?

— Doucement, doucement ! intervint Nti, calme un peu ton cœur. Un homme mûr ne parle pas ainsi...

— Ferme ta sale gueule ! rugit Engamba. Comment peut-on appeler ça un homme ? ajouta-t-il en levant son auriculaire gauche vers Nti hébété. Voilà vingt ans que tu t'assois devant Meka pour partager tous ses repas et même les moindres choses qu'une femme peut donner à son mari pour occuper sa bouche ! Je ne savais pas qu'il y avait des Mbogsi partout ! Aïe ! mon père !

Un tressaillement de fureur fit trembler les lèvres de Nti qui, assis sur ses talons, ne réalisait pas encore ce qui lui arrivait. Il voulut se détendre pour bondir mais son éléphantiasis l'avait retenu solidement au sol. Ses fesses qui avaient décrit une trajectoire dans l'air vers Engamba revinrent paisiblement sur la terre. Il poussa un cri guttural, cracha devant lui et provoqua un remous autour de lui. Tandis qu'Engamba le considérait ironiquement, des bras puissants l'immobilisaient pour l'empêcher de se battre.

— Un homme mûr ne se bat pas ! lui criait-on. Quelles sont ces façons ! Depuis quand un homme mûr se bat-il, hein ? Ça, c'est une honte ! une honte !...

— Calme-toi, Paul ! Ne sois pas impétueux comme ton saint homonyme !

— Ah ! Jésus !

— Ah ! Laissez-moi ! Laissez-moi ! suffoquait Nti en essayant de se glisser entre les puissantes mains qui le retenaient. Laissez-moi !

— Laissez-le, qu'on voie un peu ça ! suggéra un mauvais plaisant. On en a assez de ce Nti !

— Ta gueule ! lui répondit un autre. Nti n'a rien fait, c'est ce nègre de la brousse qui...

— Ne l'écoute pas ! coupa quelqu'un.

— Je ne te reconnais plus, Paul ! Quelle impétuosité ! On dirait un jeune homme ! Sûr que tu peux encore beaucoup de choses.

— Laissez-moi! haletait Nti en se débattant. Je n'aime pas qu'on me marche sur les pieds...

— Et le Seigneur lui-même qui s'est laissé insulter et battre jusqu'à crever ! ajouta Essomba.

— Ça va ! ça va ! je vous obéis, dit Nti en croisant les bras sur sa poitrine, je vous obéis...

Quelqu'un lui tendit une noix de kola, un autre lui donna du tabac à priser... Nti, tout fier de l'importance qu'on lui accordait, quitta ses talons pour s'asseoir comme il en avait l'habitude les fesses nues sur le sol. Le calme revint dans la case.

Tout en agitant son pied gauche, Engamba contemplait l'assistance groupée à ses pieds. Où étaient les hommes vaillants, les vrais, ceux du temps jadis ?... Comment pouvait-on s'intéresser à ce troupeau de chiens ? Ça, des hommes ? Il cracha et sa salive faillit tomber sur un pied qu'il retira précipitamment... Il les regardait un à un avec une grimace de dégoût qui levait la partie gauche de son visage. Oui, tous ces gens venus pleurer avec Meka comme ils le prétendaient n'étaient que des chiens. Tout leur était prétexte pour exiger qu'on leur donnât à boire et à manger. Les yeux d'Engamba allèrent de groupe en groupe jusqu'au lit où était étendu Meka. Sa grimace s'effaça.

— Pauvres de nous ! dit-il en baissant la tête.

Ces mots se perdirent dans la rumeur générale.

— Mvemas ! Mvemas ! vociféra-t-il. Etes-vous devenus tous des Blancs ? Vous ne connaissez plus la plaisanterie ! dit-il avec un pauvre sourire.

Cela dérida l'assistance. Paul Nti se mit à rire le premier en se gaussant de ses pieds et de la grimace d'Engamba. On se moquait de Meka. Quelques farceurs mimèrent les scènes de la décoration et de l'emprisonnement comme ils se les représentaient dans leur imagination. Les éclats de rire se prolongèrent jusqu'à ce que quelqu'un s'exclamât : « Ah ! les Blancs ! » Un silence succéda à ces mots et les visages redevinrent graves. Engamba enjamba quelques têtes en se dirigeant vers le lit de Meka.

— Epargne-moi la poussière de tes couilles ! lui lançait-on.

— Je porte les couilles d'un Blanc ! répondait-il en riant, pas de danger.

Tout le monde riait... et les blagues continuaient avec leur aménité naturelle dans la case de Meka. Celui-ci roula vers le mur pour faire une place à Engamba qui souleva son pagne et manqua s'asseoir mécaniquement sur la tête de Meka qui recula encore en faisant entendre un borborygme. Engamba soupira bruyamment en glissant sa sagaie sous le lit.

— Ces choses sont devenues inutiles, dit-il en désignant sa sagaie du menton, complètement inutiles...

— Eh oui ! dit gravement Paul Nti.

Engamba hocha tristement la tête, se passa la paume sur le visage et regarda fixement devant lui.

— Quand je pense que là-bas, à Zourian, on m'envie parce que Meka a reçu une médaille du Chef des Blancs... marmonna-t-il, songeur.

Un hochement de tête commencé par Paul Nti se propagea de tête en tête et atteignit Nua à l'autre bout de la case près de l'étagère.

— Je me demande ce que ces Blancs veulent de nous au juste..., reprit Engamba. Ils ont tout pris à Meka, ses terres... ses fils...

Les femmes crièrent en chœur. Quand le calme revint, Engamba continua :

— ... tout... tout...

— Je mets une braise sur ta pipe[1], dit Nti en se levant, les fesses toujours nues. Qu'est-ce que nous avons dans ce pays ? Je vous le demande ! Rien ! Rien ! et même pas la liberté de refuser leur cadeau !

Il se rassit.

— Même pas la liberté de refuser ! reprit Essomba. Même pas cette liberté...

Ces paroles firent le tour de la case.

— Meka avait tout de même un moyen de montrer qu'il se fichait pas mal de la médaille, bon Dieu ! dit Essomba. Sûr qu'il y avait moyen...

— Lequel ? Lequel ! Lequel ! s'impatientait-on.

Essomba se leva, se racla la gorge, puis

1. Je te reprends ta parole.

regarda malicieusement autour de lui. Il fut pris d'un fou rire. D'autres rires répondirent et l'hilarité devint générale. Essomba se passa les doigts sur les paupières.

— Je me demande d'où me viennent les idées que j'ai parfois... peut-être est-ce parce que je raffole de la viande de tortue ! dit-il en souriant.

Il redevint grave et les sourires disparurent de toutes les lèvres.

— Eh bien, Meka, aurait pu leur faire voir qu'il em... la médaille qu'on allait lui donner en se présentant là-bas... tout simplement avec... un *bila*[1] !

Des visages se plissèrent. Personne ne comprenait. Essomba se mit encore à rire mais personne ne rit avec lui. Plié en deux au milieu de la case, Essomba frétillait tout en se frappant les cuisses. On passa la main derrière le pavillon de l'oreille pour tenter de percevoir les mots qu'il avalait dans sa crise de rire qui les terrassait.

— Si m... moi... je... je dis qu'i'... qu'i' d'vait met' le *bila*... c'est pa'c' que com' ça... le Chef des Blancs... y s'rait baissé pour lui épingler la médaille sur... sur... son *bila* !...

Le rire éclata avec la violence d'une eau bouillonnante longtemps contenue qui rompt sa digue. Il jaillit de la case, sema la panique parmi la volaille qui chassait paisiblement les cancrelats et disparut au-delà du cimetière de la Mission catholique où le Père Vandermayer, qui lisait son bréviaire, poussa un juron.

Le spectacle était unique dans la case de Meka où tout le monde semblait possédé. On hurlait, trépignait, hoquetait, haletait... On ne s'arrêtait que pour s'essuyer les yeux et recom-

1. Cache-sexe.

mencer à rire de plus belle. Puis, quand les corps se furent vidés du rire, on passa aux commentaires.

— Ça, c'est bien trouvé ! dit Engamba en frottant son avant-bras droit sur ses yeux. Je vois ça d'ici ! continua-t-il, le Chef des Blancs qui ne peut épingler la médaille sur la poitrine nue de Meka !

— Et qui se baisse pour l'épingler où ça ? demanda Nti en s'esclaffant.

Chacun abaissa ses yeux sur son bas-ventre. Les femmes se remirent encore à rire.

— C'est dommage que moi je ne puisse jamais rien trouver de pareil, dit Meka, dommage que je n'aie pas mangé de tortue dans ma jeunesse... Qu'on serve du vin à tout le monde !

Tandis que les conversations reprenaient, Nua se versa un autre gobelet de vin de palme.

— Je n'aimerais pas qu'on dise que je vous ai empoisonnés..., dit-il en vidant son gobelet. Essomba est vraiment la tortue en personne ! ajouta-t-il en offrant un gobelet de vin à Meka.

— En personne ! dit Meka en portant le gobelet à ses lèvres.

Le gobelet passa de main en main. Le liquide laiteux qui emplissait les dames-jeannes disparaissait à vue d'œil. Quand elles furent complètement vides, Meka, que le vin avait revigoré, se leva et bien qu'il n'eût pas besoin de soutien, Engamba lui prit le bras. Ils s'avancèrent au milieu de la case.

— Que les femmes aillent au marigot et que les hommes retournent à leurs occupations... Nous ne pouvons rien sur ce qui est fait, les Blancs sont toujours les Blancs..., dit Meka en jetant un regard attendri autour de lui. Peut-être qu'un jour...

— Par ma mère ! répondit Engamba. Le rat de nuit ne raconte pas les aventures qui lui arrivent dans l'obscurité ! Les hommes naissent et meurent... Par ma mère ! Comment finira le monde avec ces Blancs ?

Les amis de Meka se retirèrent un à un. Chacun, après avoir secoué le fond de son pagne, se dirigea vers la cour en s'étirant, sans un regard pour Meka qui s'était assis sur le traversin de raphia qui lui servait d'oreiller. Seuls Nti et Engamba étaient restés.

— Que raconterai-je aux gens de Zourian ? dit le mari d'Amalia en hochant la tête. Aïe ! mes ancêtres... Parti de mon village la tête très haut dans le ciel... après ce qui t'est arrivé, je...

— A présent, je m'en moque, coupa Meka en crachant sur le mur.

Entre deux bâillements il ajouta comme pour lui-même :

— Je ne suis plus qu'un vieil homme...

FIN

TABLE

PREMIÈRE PARTIE

Chapitre   I 9
Chapitre   II 33
Chapitre III 53
Chapitre   IV 63
Chapitre   V 77

DEUXIÈME PARTIE

Chapitre   I 95
Chapitre   II 111
Chapitre III 113

TROISIÈME PARTIE

Chapitre   I 131
Chapitre   II 151
Chapitre III 175

MIXTE
Papier issu de
sources responsables
FSC® C003309

10/18, une marque d'Univers Poche,
est un éditeur qui s'engage pour
la préservation de son environnement
et qui utilise du papier fabriqué à partir
de bois provenant de forêts gérées
de manière responsable.

Imprimé en France par CPI

N° d'impression : 2045569
Dépôt légal : 4ᵉ trimestre 1979
Suite du premier tirage : juin 2019
X03834/15